거미줄

The Spider Web

거미줄

이진선_장편소설

The Spider Web

아모르문디

차례

프롤로그

"국장님, 바람이 참 좋습니다."

"그런가? 살랑살랑 불어오는 바람, 자넨 이런 바람이 좋은 모양이군."

"네, 부드럽고 따뜻하니까요."

"그렇군."

"가을에만 느낄 수 있지 않습니까? 아무 곳에나 자리를 차지하고 앉아 하염없이 햇살을 쬐고 싶은 계절……. 다 이 바람 때문인 것 같습니다."

"자네, 사무실에서 봤을 땐 몰랐는데 아직 때가 덜 묻었군."

나의 말에 보좌관은 잠시 움찔했다. 사무실이었다면 어려워서 말도 제대로 붙이지 못했을 텐데, 밖에 나와 기분 좋은 바람을 맞으니 긴장이 풀린 모양이었다. 하지만 그런 것까지 뭐라

할 수 있는 건 아니었다. 사사로운 감정까지 직급이나 계급으로 억누를 수는 없으니까.

"내가 좋아하는 바람은 이런 바람이 아니네."

"그럼 어떤 바람을 좋아하세요?"

"난 말이지, 아주 세찬 바람을 좋아한다네. 몹시 사납고 날카로운 바람."

나는 고개를 돌려 가을이 둥지를 틀기 시작한 한강을 바라보았다. 내가 좋아하는 바람은 친절하지 않다. 아가씨의 웃음처럼 예쁘지도 않다. 까르르거리며 삼삼오오 길을 걷는 여고생들의 머릿결에 앉는 봄바람도 좋고 이따금씩 불어오는 한여름 시원한 바람도 반갑지만, 내가 좋아하는 바람은 자전거를 탈 때만 만날 수 있다.

"자전거 위에 앉아 조금씩 속도를 붙이다 보면 바람은 거칠어지기 시작하지. 바람이란 말일세, 풍경을 둘러볼 여유가 있을 때만 부드러운 법이라네. 내가 힘들어질 때쯤 그놈은 비로소 본모습을 드러내지. 악마 같은 비정함을 말이야."

"네?"

"오늘 자전거를 타면서 느끼지 않았나? 심장과 폐가 한계를 느끼고 헐떡거리면 그 비정한 바람이 어김없이 나타나지. 살갑게 몸을 어루만지는 친절함 따위는 어디에도 없어. 뺨에 생채기라도 낼 듯 매몰차기만 하다네. 그 매몰찬 바람은 내가 더 이상 달릴 수 없을 것 같다고 생각하는 순간, 벌떡 하고 몸을 일으켜 세우지."

"그걸 바람이라고 하긴 좀 그런데요."

"그렇군. 그러고 보니 내가 좋아하는 바람은 바람이 아닐지도 모르네. 그래. 어쩌면 난 바람의 벽을 좋아하는 건지도 몰라. 세차게 불어와 나를 밀어 내는 바람의 벽. 더 빨리 달릴 수 없게 나를 막아서는 바람의 벽 말이야."

"보통은 부드럽고 포근한 바람을 좋아하는데 국장님은 좀 다르시네요. 무슨 이유라도 있으신가요?"

"흠……. 포기하고 싶은 그 순간을 맞닥뜨리면 우린 늘 결심을 해야 하네. 이 바람 앞에 굴복할 것인가, 아니면 다시 도전할 것인가. 하지만 우리 모두는 알고 있지 않은가? 바람의 벽을 뚫어야만 한다는 것을. 터질 듯한 허벅지와 요동치는 심장으로 거대한 바람의 벽을 뚫고 나서야 비로소 살아 있음을 느낄 수 있다는 것을.

난 그 바람의 벽이 살다 보면 만나게 되는 운명의 벽과 같다고 생각하네. 시간은 점점 더 빨리 흘러가고, 나이는 그저 숫자에 불과하다고 다들 말해도 어깨에 더해지는 무게는 해가 갈수록 무거워지기만 하지. 그렇게 살다가 이제 그만 쉬어 가고 싶을 때, 여행이라도 다녀와 다시 살아갈 힘을 얻고 싶을 때, 사춘기도 아닌데 세상이 그저 답답하고 온갖 고민에 눈물이 흐를 때, 그 모든 순간이 바로 운명의 벽을 마주하는 순간 아니겠나? 그 벽은 소리치지. '포기해, 적당히 타협해, 도전하지 않으면 삶은 편안해져, 이게 너의 한계고 네가 가진 전부야'라고 말이야. 하지만 자전거를 타다 바람의 벽을 만났을 때 굴복해 버리면 심장과 허벅지는 비명을 멈출지 몰라도 새로운 속도의 세계는 영영 만날 수 없지. 그렇듯이 운명의 벽 역시 반드시 뚫어야만 한다네.

운명의 무게를 이겨 내지 못하면 누구나 자기가 가지지 못한 것, 해내지 못한 것을 아쉬워하며 그걸 해낸 사람들을 미워하게 돼. 그러니 이겨 내야지 않겠나? 난 그게 삶의 대가라고 생각하네."

나는 다음 이야기를 기다리는 보좌관의 얼굴을 보며 잠시 생각에 잠겼다. 이십 년 전 운명의 벽과 마주해야 했던 그날도 꼭 오늘 같았다. 한낮 햇살이 제법 따가운 이른 가을, 풍경이 누렇게 익어 가을다워지려면 한 뜸은 더 기다려야 했다. 한강에는 갓 연애를 시작한 여물지 않은 연인들이 거닐고, 아이들은 노상 좌우도 살피지 않고 자전거 도로로 뛰어들곤 했다. 그럴 때마다 나이라고는 외모로만 먹은 듯한 노인들의 호통이 브레이크 소리와 함께 여지없이 터져 나왔다. 오늘도 그 풍경은 변함이 없다. 바뀐 게 있다면 선수처럼 갖춰 입은 동호인들 대신에, 자전거를 타는 민소매 티셔츠 차림의 아가씨들과 개성을 뽐내는 젊은이들이 더 많아졌다는 정도일 것이다. 젊음만으로도 매력이 넘치는 아름다운 아가씨가 은빛 바퀴의 촤르르 소리와 함께 내 앞을 지나가자, 서넛의 남자들이 여왕벌을 쫓는 수벌처럼 그 뒤를 따랐다.

"자네, 내가 바람의 벽을 좋아하는 이유를 물었지?"

"아, 네……."

아가씨의 모습에 시선을 빼앗겼던 보좌관이 내 말에 흠칫 놀라 대답했다. 나는 살짝 웃었다. 양평까지 자전거를 타고 다녀왔더니 윗옷에서 눅눅한 땀 냄새가 나는 것 같았다. 나이를 먹으니 땀 냄새도 약간 고약해진 듯하지만, 운동을 하고 난 후의 땀은 늘 뿌듯했다. 옛 시절 내가 마주했던 운명의 벽에 대해 이야기하기에 좋은 시간이란 생각이 들었다.

"자네, 내 자전거가 뭔지 아나?"

"그럼요. 국장님 자전거는 이태리 명품 비앙키잖습니까? 저도 자전거를 타는데 모르면 간첩이죠."

"맞아. 비앙키라네. 멋진 자전거지."

보좌관이 잠시 머뭇거리더니 말을 이었다.

"꽤 오래 타신 듯합니다."

"응?"

"손때가 많이 묻어 있어서요."

"음, 그렇지. 자네 자전거에 비하면 성능이 많이 떨어지지만 난 이 구닥다리 모델을 이십 년 가까이 타고 있다네."

"구닥다리라니요? 비앙킨데. 그래도 그렇게 오랫동안 타셨다니 무슨 사연이라도⋯⋯."

"사연은 무슨. 그냥 타는 거지. 비앙키는 그냥 가지고 있는 것만으로도 마음이 흐뭇하다네."

나는 고개를 끄덕거리는 그를 뚫어져라 바라보았다. 그러자 보좌관은 자세를 곧추세우고 무슨 실수라도 했나 하는 표정으로 어쩔 줄 몰라 했다. 난 결심을 굳혔다.

"자네 말이야, 비앙키 공작이라고 들어 봤나?"

보좌관은 고개를 갸웃거렸다.

"제가 우리 국에 들어와서 모든 자료를 한 번씩은 다 봤는데, 처음 들어 보는 것 같습니다."

"잘 모를 테지."

"실패한 공작인가요?"

"아니야."

"그럼 자료가 파기되었다는 얘긴데, 그런 경우는⋯⋯."

"내가 추진하던 공작이 있었는데 다 끝나 갈 무렵 누군가의 공작과 합쳐져 버렸지. 그러니 잘 모를 거야."

"다른 분의 공작과 합쳐졌다고요? 천하의⋯⋯."

"천하의?"

보좌관은 쭈뼛거렸다.

"괜찮아. 이야기해 봐."

"그게, 다른 분들이 국장님에 대해 말씀하실 때 늘 천하의 이재훈, 천하의 이재훈 국장 이러시거든요. 전설의 방첩관이시잖습니까?"

"전설의 방첩관? 하하. 고맙구먼."

"하여간 천하의 이재훈 국장님이 추진하던 공작이 다른 분 공작에 흡수되었다는 말을 누가 믿겠습니까?"

"딱 한 번이었네. 내 평생 딱 한 번."

"믿기 어렵습니다."

"그런가?"

"네! 그래도 기록은 남겨야 하지 않습니까?"

나는 다시 한 번 그의 얼굴을 보았다. 잘 모를 것이다.

"아니. 기록은 남아 있지 않다네."

"네? 기록이 없다고요? 그런 공작이 있을 수 있습니까?"

"그러게 말일세. 있을 수 없지. 있어서도 안 되고."

"그렇죠? 아무리 제가 신입이라도 그 정도는 알고 있습니다."

보좌관이 해맑게 웃었다.

"그런데 난 해야 했네. 기록에 없는 공작, 아니 기록을 남길 수 없었던 공작을 말이야. 그건 내게 바람의 벽과 같은 것이었네."

"바람의 벽이요?"

"그런 셈이지. 이보게, 난 평생 외국 스파이를 쫓았다네. 쫓다가 포기해도 세상은 제대로 돌아가는 듯 보였겠지만, 난 단 한 번도 포기해 본 적이 없다네."

난 알고 있다. 방첩이 얼마나 지루하고 고독한 싸움인지를. 당시에는 아무도 믿으려 들지 않았던 외국 스파이의 존재, 그들이 이 나라를 어찌해 보려 하는 순간순간을 이겨 내야 했던 젊은 시절의 흔적은 단 한 줄의 기록으로도 남아 있지 않았다. 내 흔적은 이 낡은 자전거의 칠이 다 벗겨져 가는 안장 위에만 희미하게 새겨져 있을 뿐이었다.

비밀 방첩 공작 '비앙키'.

"이 비앙키에 얽힌 이야기를 들어 보겠나? 그럼 내가 왜 바람의 벽을 좋아하는지 알 수 있을 걸세."

페이스북

2014년 4월.

헬멧과 고글을 벗기 전부터 그가 외국인임을 알 수 있었다. 삼십 대 중반의 평범한 한국인들은 지닐 수 없는 길고 우아한 비율과 찰랑거리는 금발을 보는 순간 진희와 기욱은 확신했다. 낯선 외국인이 동호회에 나타났을 때 무리는 술렁였다. 하지만 너무 호들갑을 떠는 것은 촌스러운 행동이라고 생각했는지 모두가 간단한 눈빛 교환만으로 인사를 마친 후 출발을 준비했다.

올림픽 공원 남2문에 모여 있던 인터넷 자전거 동호회 회원들은 리더의 수신호를 따라 도로를 가득 채웠다. 이십여 명쯤 모인 것 같았다. 덕분에 서하남 IC 입구를 지나는 위험한 구간에서도 자동차들의 위협을 받지 않았다. 무리는 고골을 넘어가는 언덕을 따라 하남으로 진입했다. 금발의 외국인과 진희처럼 늘씬한 미녀가 함께 있는 이 무리의 모습은 무척이나 눈에 띄었다. 조심스럽게 자동차와 섞여 도로를 달리던 동호회원들이 몸을 제대로 풀기 시작한 것은 하남을 벗어나면서부터였다.

하남 은고개를 넘어 경기도 광주로 향하는 국도 내리막에 접어드니 선두는 시속 60킬로미터의 속도로 무리를 이끌었다. 무리 전체는 온몸의 털을 곤두세운 고양이처럼 긴장된 움직임으로 교외의 풍경을 점령해 갔다. 내리막은 사람들이 간간이 브레이크를 잡는 '쉬이 쉭' 하는 소리로 가득 찼다. 마치 독을 잔뜩 품은 독사가 상대를 위협할 때 내는 소리 같았다.

멀리서는 천천히 달리는 듯 보이겠지만, 가느다란 자전거 바퀴 위에서 시속 60킬로미터를 느끼는 것은 대단한 담력이 필요한 일이다. 하지만 자전거를 타는 진정한 목적은 속도와 스릴이 아니라 계절에 온전히 노출되어 스스로 풍경의 일부가 되는 것이다.

그렇다. 벚꽃이 피는 계절이었다.

황사가 조금 일기는 했지만 도마치 고개를 넘어 진입한 분원리길은 여전히 아름다웠다. 봄이 가져다준 흙냄새와 풀 냄새가 가득했고, 이른 벚꽃 잎이 간간이 날리는 길을 따라 팔당호변의 경치가 자전거 무리를 끈덕지게 쫓았다. 오르락내리락 낙타 등 같은 분원리길 내내 무리와 함께한 팔당호의 풍경은 홍가네 슈퍼에 이르고 나서야 모습을 감추었다.

"한국말 잘하시네요?"

자전거 무리의 리더인 사내가 낯선 외국인에게 말을 건넸다.

"감사합니다. 아직 많이 부족합니다."

다른 이들도 일제히 아주 잘한다고 치켜세웠다. 실제로 그의 한국어 실력은 수준급이었다. 아무런 어려움 없이 대화에 참여했고 구사하는 단어들도 외국인 치고는 상당한 수준이었다.

"몇 년 전 연세대 어학당에서 한국어를 공부했습니다. 그리고 잠시 고향인 독일로 돌아갔었어요. 그런데 이상하게도 한국에 다시 오고 싶었고, 마침내 여기 있게 되었습니다."

새로운 사람에 대한 호기심이 무리 안에 넘쳐 났다. 새롭다는 건 언제나 설레는 일이다. 화학 약품 냄새가 가득한 새 차를 건네받거나 낯선 여인을 만날 때 가슴이 설레는 건 그 순간이 새롭기 때문일 것이다. 그와 대화하는 순간 역시 동호회원들에게는 새로운 시간이었다. 물론 그가 금발에 다리가 긴 서양인이 아니었다면 이 정도까지의 환대나 호기심은 생겨나지 않았을 것이다. 사실 조르게는 백인 중에서도 잘생긴 축에 속했다. 하지만 잘생겼든 그렇지 않든 간에, 우리나라 사람들은 피부가 하얀 백인에게 막연한 동경이라도 품은 듯이 끝없는 친절을 베푸는 경향이 있다. 아마 그도 그걸 알고 있는 듯했다. 한국이라는 나라에서 금발과 하얀 피부는 일종의 프리패스 같은 것이었다. 거기에 서유럽인이라는 보증 수표까지 있다면 이 나라 어디에서든 환영받게 된다는 사실을 그가 모를 리 있겠는가? 동남아나 아프리카에서 왔다면 이처럼 열렬한 관심은커녕 열등한 녀석이라는 눈빛이나 뜬금없는 동정을 받았을지도 모를 일이었다. 그건 피부색이 짙은 이들이 이 나라에서 흔히 겪는 일이기도 했다. 하지만 그는 백인이고, 심지어는 아주 잘생기기까지 했다. 그의 머리는 추수할 때가 다가온 황금빛 들판보다 빛나는 금발이었고 눈동자는 맑은 파란색이었다. 그뿐인가. 그는 독일인 특유의 우아하고 세련된 몸가짐을 지니고 있었다. 그에게서는 영국 사교계에서 처음 시작되어 유럽을 휩쓴 댄디즘의 향기가 풍겨 나왔다. 대화를 이어 가는 내내 쓰윽 하고 어깨를 살짝 들어 올리는 몸짓에는 천박함을 멸시하는 고상함과 자아에 대한 확신에서 비롯된 자신감, 세련된 기풍이 배어 있었다.

그런데도 그 고상하고 준수한 외모의 낯선 백인이 겸손한 태도로 부탁까지 하는 것이었다. 겸손은 무엇을 탓하기보다 자신의 부족함을 인정하는 건강한 자존감이며, 자신이 삶의 주체임을 자각하는 행위다. 그러므로 겸손한 자에게서는 결코 비굴함이나 망설임, 초라함이 느껴지지 않는다.

그는 이렇게 부탁했다. 겸손하게.

"자전거를 타고 싶었는데, 함께 탈 사람이 없었어요. 실은 친

18

구도 별로 없어요. 한국이 좋아서 이곳 근무를 지원했지만 외롭습니다. 여러분께서 친구가 되어 주셨으면 좋겠어요. 마침 페이스북을 통해서 어떤 분이 자전거 동호회를 추천해 주었습니다. 몇 번 망설이다 오늘 처음 나왔는데 좋은 선택이었습니다."

페이스북이라는 말에 진희의 눈빛이 반짝였다. 진희는 페이스북에서 새로운 친구들과 사귀고 이런저런 이야기를 나누는 것을 재미로 삼고 있었다. 물론 인터넷을 통해 알게 된 친구를 직접 만나는 일은 극히 드물었지만 말이다.

"어머, 저도 페북 하는데 그쪽도 페북 하시나 봐요?"

"네? 페북이 뭐죠?"

"페이스북을 페북이라고 해요. 한국에서는 말 줄이는 것이 몇 해 전부터 유행이에요. 호호."

"아. 그렇군요. 페북, 그렇다면 저도 페북 합니다. 하하. 전 리하르트 조르게라고 해요. 반가워요."

그의 대답을 들은 진희는 고개를 살짝 틀며 무언가를 생각하는 듯했다. 그러더니 별안간 호들갑을 떨기 시작했다.

"오 마이 갓. 리하르트 조르게라고요? 수요일에 저랑 페친, 아니 페이스북 친구 맺은 리하르트 조르게요?"

"어? 수요일에 친구를 맺은 분이 있어요. 혹시 박진희 씨?"

"네, 맞아요. 어머, 어떻게 이런 인연이 있죠? 페친 수락해 드렸는데 자전거도 같이 타게 되었네요. 와우.”

영어도 잘 못하는 진희의 입에서 “오 마이 갓”, “와우”, “어썸” 따위의 감탄사가 마구 튀어 나왔다. 다른 일행들은 이 아가씨가 왜 이러나 하는 표정으로 그녀를 바라보았다. 조르게가 진희를 보고 아름다운 사진에 반해 페이스북 친구를 신청했다며 운동하시는 모습은 더욱 예쁘다고 하자 그녀의 과장된 반응은 더욱 심해졌다. 세상 그 어떤 사람이 아름답다는데 싫어하겠는가? 이제 그녀는 감탄사를 넘어 독일식 악센트를 흉내 내기까지 했다. 이런 모습을 지켜보던 기욱이 진희의 팔을 잡았다.

“진희야, 진정해, 진정.”

“오케이, 릴렉스, 릴렉스. 하아…… 이런, 세상 참 좁네요.”

진희는 겨우 호들갑을 멈췄다. 그제야 다른 회원들도 대화에 참여할 수 있었다. 인심 좋은 홍가네 슈퍼 아주머니는 많고 많은 외국인 사이클리스트를 만나 봤을 텐데도 잘생긴 코쟁이가 왔다며 얼음물 하나를 공짜로 주었다. 화기애애한 분위기가 봄바람을 따라 분원리길 위로 날아올랐다.

잠시 후 조르게는 진희에게 해양수산부 일은 매우 자랑스럽겠다며 대화의 중심으로 그녀를 다시 끌어들였다. 자전거 무리들이 “오, 공무원이에요?” 하며 놀라워했고, 진희는 조르게에게 어떻게 알았냐고 물었다.

“페이스북 프로필을 보았죠. 아름답고 섹시한 진희 씨의 자

20

전거 타는 사진도 아주 많이 보았지만 프로필 때문에 정말 감탄했어요. 이렇게 아름다운 아가씨가 국가를 위해 일하는 분이라는 것도 놀라운데, 해상관할법이라는 쉽지 않은 법을 준비하신다는 사실은 더욱 놀라웠지요."

진희의 얼굴이 붉어지고 기욱의 표정은 굳어졌다.

"사실 저는 독일에서 해양법을 공부했어요. 그래서 더 놀랍고 반가웠고요. 지금은 독일 대사관에서 정무 업무를 담당하고 있지만요."

진희는 땀을 훔치는 시늉을 하며 양 볼을 손등으로 감쌌다. 때마침 흩날린 벚꽃은 그녀의 볼처럼 분홍빛이었다. 진희는 그런 볼이 드러나는 게 부끄러웠다.

"그게 놀랄 일인가요?"

진희가 물었다.

"그럼요. 한국에 와서 친구도 못 사귀었는데 같은 분야의 지식을 나눌 수 있는 분을, 그것도 이렇게 아름다운 분을 만났다는 건 그 어떤 행운보다도 값지죠. 더구나 저도 진희 씨도 아직은 싱글이잖아요."

"싱글요? 아, 페북 프로필."

진희는 살짝 기욱의 눈치를 보았다. 표정이 썩 좋지 않아 보였다. 진희는 기욱이 바보라고 생각했다. 아니, 기욱의 눈치를 보는 자신이 웃긴다고 생각했다. 대학 때부터 늘 같이 다녔고 남자로서 호감이 간 적도 있었지만, 기욱은 아무래도 자신을 여자로 생각하지 않는 것 같았다. 진희는 호탕하게 웃으며 조르게를 향해 좋은 남자 있으면 소개해 달라며 말을 돌렸다.

반면 기욱은 점점 더 이 상황이 짜증나기 시작했다. 진희와는 대학을 졸업하고도 퇴근 후에 술도 한잔하고 거의 매주 한 번 이상은 약속을 잡는 사이였다. 진희의 외모가 꽤나 수려한 탓에 많은 남자들이 그녀를 잡기 위해 노력했다. 하지만 눈이 하늘 끝에 닿아 있는지 번번이 그녀는 얼마 가지 못해 싱글이 되었고, 그럴 때마다 기욱에게 술이나 한잔하자며 전화를 하곤 했다. 기욱은 바보처럼 계속해서 진희를 챙겨 주었고, 늘 그녀만 바라보았다. 하지만 진희가 자기를 친구 이상으로 생각하는 법이 없는 것 같아 한편으론 늘 속이 상했다. 기욱은 그저 언제나 진희가 하자는 대로 해 왔다. 그렇게라도 해야 조금이라도 그녀 곁에 있을 수 있었다.

자전거를 타게 된 것도 그녀 때문이었다. 처음 진희가 자전거를 타자고 했을 때 기욱은 싫다고 거절했다. 물론 진짜 싫어서 그랬다기보다는 한 번쯤 튕겨 보려는 심산이었다. 하지만 그런 기욱을 너무나도 잘 알고 있는 진희는 거의 반강제로 입문용 자전거를 기욱에게 안겼고, 그 덕에 어쩔 수 없이 그는 자전거를 타야 하는 신세가 되었다. 기욱은 단 한 번도 그녀와 친구의 선을 넘지 못했다. 성격이 워낙 순수하고 순박해서 마음을 표현하는 데 서툰 탓이었다. 진희가 자신에게 많이 의지하고 있다는 생각이 들기는 했지만, 너무 오랜 시간 둘은 친구였고 그 벽을 깨려면 큰 용기가 필요했다.

무리가 한참 수다를 떠는 동안 기욱은 애꿎게 아이스크림이 지지리도 맛이 없다는 불평만 되풀이하고 있었다. 물론 누구도 신경 쓰지 않았다. 기욱의 심정이 어떻든 무리는 즐거웠고 휴식은 막을 내렸다. 자전거 무리는 홍가네 슈퍼를 출발하여 염치고개를 향해 움직이기 시작했다. 조르게는 홍가네 슈퍼에서의 휴식 이후 노골적으로 진희 곁에서 자전거를 탔다. 고개를 넘는 동안에는 살짝살짝 진희의 등을 밀기도 했다. 차량 통행이 잦아 나란히 달릴 공간이 거의 없는데도 조르게는 집요하게 그 위치를 지켰다. 진희가 그의 옆을 벗어나 자기 곁으로 왔으면 하는 마음도 있었지만 기욱은 아무 말 없이 자전거를 탔다.

늘 이랬다. 대학 시절부터 진희에게 다가서는 남자는 언제나 조건이 좋거나 얼굴이 잘생겼거나 뭐든 자신보다는 나아 보였다. 그녀가 또 싱글이 되었다며 술 한잔하자고 할 때마다, 표현은 못했지만 그녀의 높은 콧대가 기특해 보이기만 했다. 딱 한 번이었다. 그녀에게 "나는 어떠냐?"라고 농담처럼 물어 본 건.

그때 진희는 이삼 초의 침묵 끝에 그의 정강이를 발로 차고는 목을 비틀어 잡으며 이렇게 대답했다.

"넌 좋은 친구잖아! 어디 감히 나를. 술이나 먹으러 가자."

기욱은 진희를 넘보기에는 자신이 너무 평범하다고 생각했다. 얼굴도 동그랗고 날씬하지도 않았다. 덩치와 힘만 좋았다. 집안이 부유하거나 명성이 있는 것도 아니었다. 그래도 천성이 성실한 탓에 회사에서 꽤나 인정을 받으며 조금씩 자신감이 생기고 있었다. 삼십 대 중반이 되어 가니 진희 주변에는 자신밖에 없는 것 같아 용기를 내 보려고 얼마 전부터 벼르고 있었는데, 예상치 못한 복병이 나타난 것이다.

자전거 무리가 다시 올림픽 공원으로 돌아왔다.

"기욱아. 조르게 씨랑 맥주 한잔 마시고 들어가기로 했는데 같이 가자."

어느 틈에 둘이 약속을 한 것일까? 기욱은 당황스러웠다.

"아니, 난 괜찮아."

"왜 그래? 같이 가."

"다들 들어간다잖아."

"그럼 우리 셋만 가면 되잖아."

기욱은 한 걸음 뒤에서 자신을 바라보는 조르게를 보았다. 고글 때문에 그의 표정을 읽을 수 없었다.

"나 피곤해."

"겨우 이거 타고?"

"응."

"야, 너 집에 가도 할 일 없잖아."

기욱은 '너 나랑 저녁에 영화 보러 가자던 약속 잊었어?'라고 묻고 싶었지만 차마 입 밖으로 나오지 않았다.

"아, 그냥 가게 내버려 둬. 정말로 피곤해."

"그래? 컨디션이 안 좋은가 보네. 그럼 잘 들어가."

"응. 조금만 마셔. 내일 전화할게."

기욱은 맥없이 집으로 돌아왔다. 그녀 곁에 남자가 나타날 때마다 그래 왔듯이 핑계를 대고 총각 냄새 풀풀 풍기는 그의 둥지로 돌아온 것이다. 그녀도 그걸 알까?

기욱은 제법 긴 시간 샤워를 했다. 그러고는 눈에 들어오지도 않는 주말 예능 프로를 아무런 웃음도 없이 건성건성 보았다. 티브이 속 사람들은 뭐가 저리도 즐거운지 이해할 수 없었다. 냉장고에 가득 찬 맥주를 꺼내 안주도 없이 마셨다. 진희가 아직도 조르게와 함께 있는지 궁금했다. 그녀에게 전화를 할까 말까 고민했다. 긴 시간이 흘렀다. 기욱은 망설이고 또 망설이다가 습관처럼 진희의 페이스북을 열어 보았다. 마침 새로운 게시물이 올라와 있었다. 조르게와 진희가 함께 찍은 사진이었다. 화도 나지 않았다. 늘 그랬으니까. 진희 주변에는 항상 멋진 사람이 있었으니까. 이번도 그런 경우들 중 한 번일 뿐이라고 생각했다. 침대에 누워 천장을 바라보다가 다시 그녀의 페이스북을 보았다. 활짝 웃고 있는 기욱의 사진이 추가로 올라와 있었다.

'바보 같은 놈, 뭐가 좋다고 웃고 있나?'

그는 자신의 사진이 우스꽝스러워 보인다고 생각했다. 참으로 못나 보였다. 사진 아래 달린 진희의 즐거운 댓글이 얄밉기까지 했다. 한참을 침대에 누워 스마트폰을 만지작거렸나.

'전화를 해 볼까?'

단축번호 일번을 꾹 누르기만 하면 진희에게 전화를 할 수 있었다. 그는 몇 번이고 다이얼 키패드를 열었다 닫기를 반복했다. 하지만 끝내 전화하지 않았다. 아니 못 했다. 아무렇지도 않아야 했으니까. 그는 또 한 번 기다리기로 마음을 먹었다. 이 계집애가 차라리 시집이라도 가 버렸으면 좋겠다는 생각도 해 보았다. 그러면 기다리지 않아도 될 테니까. 그러다가 다시 기다릴 수 있다고 생각했다. 아무렇지 않다고, 또 다른 한 번일 뿐이라고, 화낼 일도 아니라고 스스로를 다독였다.

기욱은 벌떡 일어나 다시 맥주 한 캔을 벌컥벌컥 급하게 마셨다. 얼마나 급히 들이켰던지 맥주가 턱을 타고 줄줄 흘러내렸다. 입안 가득한 맥주를 꿀떡 삼키려니 목구멍이 살짝 아파 왔다. 그는 빈 맥주 캔을 바닥에 냅다 던지고는 "난 아무렇지도 않아"라고 소리치고 침대에 털썩 드러누웠다. 진짜로 아무렇지 않았다. 하지만 아무렇지도 않은 그의 눈가에선 아픔이 떨어졌다. '뚝' 하고.

상처

카페 문을 급하게 열고 들어선 기욱을 맞은 건 벽에 걸린 마리아 칼라스의 초상이었다. 기욱은 인사동 카페 '볼가'에서 진희를 만나기로 약속했다. 가게 내부의 벽에는 여러 종류의 빈병과 이국적인 잔들이 가득했고, 한옥을 리모델링한 건물이라 그런지 천장이 낮아 아늑한 느낌이 들었다.

기욱은 갑작스러운 내부의 어둠에 적응하지 못하고 한참을 헤매었다. 하지만 곧 희미한 전등불에 기댄 그림자들이 서서히 힘을 잃기 시작하자 낡은 야마하 오르간과 그 위에 얹어진 고독한 여인의 사진이 모습을 드러냈다. 기욱은 진희가 하루 휴가를 냈다는 말에 연차를 썼다. 언제나처럼 설레었다.

평일 오전이라 그런지 손님이 별로 없었다. 진희를 찾기 위해 카페 안을 살피던 기욱은 다행이라고 생각했다. 약속 시간이 십 분 좀 넘게 지났는데도 진희의 모습이 보이지 않았던 것이다. 그는 안도하면서도 혹시나 하며 이 구석 저 구석을 훑었다. 외국인 한 명과 뒷모습만 보이는 여성이 앉아 있을 뿐 홀로 있는 여인은 없었다.

기욱은 진희에게 전화를 걸었다.

"응. 기욱아."

진희의 목소리가 휴대 전화를 타고 들려왔다. "너 어디야?"라고 묻는 소리도 기욱에게 전해졌다. 그런데 전화기에 닿지 않은 그의 다른 쪽 귀에도 진희의 목소리가 들렸다. 뒷모습만 보이던 여인이 전화기를 꺼내 누군가와 통화를 하고 있었다.

"야, 기욱아. 여기야 여기!"

"어…… 그래, 진희야. 여기 있었구나. 난 또, 저기…….."

가까이 다가가고 나서야 또렷하게 그녀의 모습이 보였다. 뒤이어 맞은편에 앉아 있는 조르게도 보였다.

'젠장.'

기욱은 속으로 '젠장'이라는 말을 셀 수 없이 반복했다.

"아, 안녕하세요?"

"네, 안녕하세요? 안 그래도 진희 씨에게 기욱 씨 이야기를 듣고 있었습니다. 둘도 없는 친구시라고요. 처음 뵙겠습니다."

"아니요… 처음 아니에요. 저번에 분원리에서, 저기, 자전거요…….."

진희가 깔깔거리며 지난번 자전거 동호회 모임 때 같이 있었다고 설명하자 그는 미안하다고 사과했다. 하지만 조르게는 말끝에 미인과 함께 있다 보니 다른 분들은 기억할 여유가 없었다고 덧붙이며 진희와 눈을 마주쳤다. 기욱은 이번에는 투박한 톤의 독일식 악센트로 '제흐엔장'을 서너 번 더 되뇌었다.

"기욱아, 이 카페 너무 예쁘지? 여기는 인사동에서 처음으로 파스타를 판 집이야. 되게 오래된 것 같지 않아? 봐봐, 가게가 담쟁이로 덮여 있어. 한여름에 와서 창가에 앉으면 너무 근사해. 볼가의 창이라고 부르면서 사진들도 많이 찍어 가는 곳이야. 나 아니면 네가 언제 이런 곳을 와 보겠니?"

진희는 기욱의 어깨를 툭 쳤다.

"나 와 봤어."

"그으래? 누구랑?"

진희가 깜짝 놀라며 물었다. 옆자리에 앉은 기욱이 고개도 돌리지 않고 곁눈으로 그녀를 보며 낮은 목소리로 타박하듯 대답했다.

"너랑 와 봤다, 너랑. 이 집 내력도 다 내가 너한테 설명해 준 거고."

"어머! 맞다 맞아. 그래, 내가 이 집에 누구랑 같이 왔었나 했는데 그게 너였구나!"

진희가 또 깔깔거렸다.

"아무럼 네가 어디 가겠냐? 또 봉골레 소스 스파게티 시켰지?"

"어? 어떻게 알았어?"

"에구, 그 입맛은 참 일관적이에요."

진희는 조르게를 향해 기욱이 이런 것만 잘 기억한다고 말하고는, 뭐가 그리 재미있는지 기욱의 어깨를 손바닥으로 툭툭 치며 연신 자지러지게 웃었다. 기욱은 가게 조명이 어두운 게 다행이다 싶었다. 그렇지 않았다면 이 낯선 외국인에게 마뜩잖은 표정을 다 들켰을 테니까.

"기욱아. 오늘부터 조르게 씨에게 서울 구경시켜 주기로 했는데 같이 가자. 조르게 씨도 괜찮다고 했어. 그렇죠?"

조르게는 어깨를 쓰윽 한 번 들었다 내리더니 이내 함박웃음을 지으며 진희 씨의 베스트 프렌드니까 대환영이라고 답했다.

'자기가 독일에서 왔다고 마이클 패스벤더쯤 되는 줄 아나 보네?'

기욱은 환하게 웃고 있는 조르게가 더욱 마음에 들지 않았다. 눈치를 보며 어렵사리 휴가까지 냈는데 진희가 다른 남자랑 있는 걸 보기는 싫었다. 진희는 대학 시절부터 남자 친구가 생기면 어김없이 기욱을 불러냈다. 같이 놀러 가자고 말이다. 그리고 나선 자기 남자 친구가 어떤지 평가해 달라고 하면서 기욱의 마음에 생채기를 내 놓곤 했다. 그래서 기욱의 마음속에는 퍽이나 많은 상처들이 있었다. 기욱은 시간이 지나면 다 아물 거라 생각하고 어른들 말씀처럼 시간이 약이겠거니 하면서 참았다. 하지만 그 말은 거짓말인지도 모른다. 그렇게 말하는 이들은 상처를 받거나 인생의 무게에 짓눌려 본 적이 없는 사람들이거나, 어쩌면 남들에게 상처를 주기만 하면서 살아온 사람들인지도 모른다.

시간이 치료해 줄 수 있는 것은 종이에 베인 손가락이나 넘어져 빨간 피가 배어나는 무릎 정도다. 마음에 난 상처를 치유하려면 다른 무언가가 필요하다. 아무리 긴 시간이 흘러도 상처받은 여린 마음에는 여전히 아픔이 남아 탄식과 눈물을 자아낸다. 사람으로 인해 생긴 상처는 얼마나 잔인한지, 그전에는 웃어넘겼던 그 사람과의 소소한 언쟁이나 함께 웃고 울었던 모든 순간을 단번에 쓰라린 것으로 만들어 버린다.

마음의 상처 위에 덧바르는 시간은 독이다. 그것은 용서로든 망각으로든, 그도 아니라면 화해를 통해서라도 치유해야 한다. 기욱의 상처 위에는 무얼 덧발라야 할까? 그의 상처는 자신도 알 수 없을 만큼 깊어져, 무엇을 발라야 할지조차 알 수 없었다. 그는 이 지긋지긋한 기다림을 끝낼 수 있는 방법을 알지 못했다. 어쩌면 용기가 없는 것인지도 모를 일이었다.

"미안해. 나 회사 다시 들어가야 해."

"왜? 휴가 냈다고 했잖아?"

진희가 얼굴을 찡그렸다.

"휴가 못 냈어. 회사가 좀 그래. 조그만 곳이라 늘 사람이 부족해. 오늘 반일 휴가만 낸 거야. 오후에 가야 해."

사랑의 여신이 볼가의 창밖에서 슬픈 표정을 지었다. 비닐라 어쿠스틱의 「사랑이 또 될까요?」가 흘러나왔고, 기욱은 고개도 들지 않고 스파게티를 입속으로 쑤셔 넣었다.

잊고 살며 다른 누굴 만나고 다른 사랑을 하고
안 되겠죠 내가 죽어도
그만 가요 돌아보지 말아요
죽을 것만 같은 내 맘이
망설이는 그댈 잡고 보낼 수 없으니

진희가 기욱을 보고 회사에 전화해서 오후에도 쉬면 안 되는지 물어보라고 했다. 그러나 기욱은 한 입 가득 스파게티를 물고 우물거리며 절대 안 될 거라면서 다음에 같이 구경하자고 했다. 조르게가 짐짓 아쉽다는 표정을 지어 보였지만, 그의 태도에는 서운함이 털끝만큼도 묻어나지 않았다.

이른 점심을 마친 셋은 인사동 거리로 나섰다. 사람들이 제법 붐비기 시작했다. 기욱과 조르게는 진희를 가운데 두고 걸었다. 기욱은 함께 걷고 싶지 않았다. 진희와 조르게가 함께 있는 모습을 상상하는 것조차도 유쾌하지 않건만 이렇게 같이 있어야 하는 것은 꽤나 심한 고문이었다.

"자, 그럼. 난 갈게."

"정말 가야 해? 회사에 전화나 한번 해 보라니깐."

진희가 아쉬운 듯 말했다.

기욱은 안 될 걸 알면서도 시도해 보는 게 제일 바보짓이라며 가겠다고 했다. 진희는 못내 섭섭한 표정으로 자신과 조르게는 종로에 좀 더 있을 거라고 했다.

"어, 그래. 난 종각역으로 가야 해. 저기, 거기서 회사 직원이랑 만나서 거래처 들렀다 가기로 했거든. 그럼 재미있게 보내."

조르게가 금빛 솜털로 덮인 손을 기욱에게 내밀며 악수를 청했다.

'쳇, 이 자식은 손도 잘생겼군.'

기욱은 조르게에게 같이하지 못해 미안하다고 말하고는 아무렇지도 않은 듯 주저 없이 그들에게 등을 보이고 걸었다. 인사동을 빠져나와 종로로 나온 기욱의 마음은 복잡했다. 갈 곳이 없었다. 그렇다고 종로에 남아 있다가는 진희와 마주칠지도 모를 일이었다. 무턱대고 지하철역으로 내려간 그는 노선도 앞에서 한참을 고민했다. 진희를 만날 수 없는 곳으로 가야 했다. 한동안 서성이다 빼내 든 그의 스마트폰에는 어울리지도 않는 플라스틱 고리가 걸려 있었다. 퍽이나 낡아 보였다.

"기욱아 너 담배 피우니?"

"어… 그게… 조금……."

"뭐가 좋다고 피우나?"

"그냥……."

"너 나랑 내기 하나 할래?"

"내기? 뭔데?"

"너 백 일 동안 담배 안 피우기."

"안 피우면?"

"그럼 내가 선물 하나 주지."

"피우면 어쩌고?"

"그땐 네가 나한테 선물 사 주는 거지."

"백 일?"

"응. 백 일."

"저기, 그럼……."

"왜 자신 없어?"

"아니…그게……."

"백 일이다."

"알았어. 한번 해 볼게."

대학교 1학년 때 처음으로 단둘이 시간을 보내던 날, 캠퍼스

야외 공연장에 나란히 앉아 했던 내기였다. 기욱은 정말로 바보처럼 백 일 동안 담배를 피우지 않았다. 그런 기욱에게 진희가 내민 것은 그의 허리춤에 매달려 있던 빨간색 삐삐와 어울리는 줄이었다. 별것도 아닌 그 삐삐줄을 받고 나서부터 기욱은 아예 담배를 피우지 않았다. 그 싸구려 삐삐줄을 기욱은 잃어버리지도 않고 항상 달고 다녔다. 철커덕철커덕하며 흔들리는 지하철 의자 위에서 방황하는 그의 마음과 함께 삐삐줄도 흔들거렸다.

그 시간 진희와 조르게는 창덕궁 후원을 거닐고 있었다.

"참 예쁘지 않아요? 전 이곳에 올 때마다 어떻게 이토록 자연스러운 조경을 했는지 감탄하곤 한답니다."

"조경을 한 거라고요? 모두가 원래 제자리에 있었던 것들 같은데요?"

"놀라셨죠? 조르게 씨처럼 처음 외국에서 오신 분들은 한국의 아름다움을 잘 이해하지 못해요. 전 조경의 진수가 한국식 정원이라고 생각해요. 건물을 다 짓고 나서 바위와 나무와 꽃들을 마치 원래 그 자리에 있었던 것처럼 보이게 만드는 것이 인공의 미를 만들어 내는 것보다 어렵겠죠?"

"그렇군요. 그런데 관람하는 분들이 생각보다 많지 않네요."

진희는 조르게를 향해 꽤나 뿌듯한 웃음을 지어 보였다. 그리고 창덕궁 후원은 예약한 사람에 한해서만 관람이 가능한 곳인데 자신이 조르게를 위해서 어렵사리 예약한 거라고 귀여운 공치사를 부려 보았다.

"조르게 씨, 정자들을 유심히 보세요. 저기 화사하게 앉아 있는 정자가 부용정이랍니다. 정조 임금님이 특히 부용정을 많이 좋아하셨다고 해요. 저 맞은편 정자가 규장각이랍니다. 규장각 입구의 문들 좀 보세요. 저기 저것 보이나요?"

"진희 씨?"

조르게가 한껏 들떠서 설명하는 진희의 말을 끊었다.

"네?"

진희는 의아한 표정으로 조르게를 쳐다보았다.

"아름다운 건물들, 참 예쁘네요. 하지만 저는 아름다운 정원과 건물만큼이나 진희 씨에 대해서도 듣고 싶어요."

"네?"

"지난번 진희 씨를 만나고 난 이후부터 당신이라는 여자는 어떤 사람인지, 어떤 생각을 하는지 너무 궁금했어요."

"아… 그런……."

"저는 이 아름다운 정원을 방문하게 되어서 매우 행복합니다. 정말이에요. 그리고 진희 씨의 해박한 설명을 듣는 것도 아주 재미있어요. 하지만 저는 진희 씨에 대해 알고 싶어요. 이 후원처럼 아름다운 진희 씨에 대해서도 말이죠……."

"저에 대해서요?"

진희는 갑작스러운 조르게의 반응에 당황했다. 진희의 볼이 발갛게 달아올랐다. 머릿속이 하얘졌다. 이건 도대체 무슨 상황일까? 어떻게 해야 하지? 무슨 말을 해야 하나? 짧은 순간 많은 물음이 떠올랐다.

그런데 정작 그렇게 툭 하고 말을 던진 조르게는 진희의 대답을 기다리지 않고 안내인을 따라 걸음을 옮겼다. 그런 상황이 진희를 더욱 긴장하게 만들었다. 걸음을 옮기던 조르게가 멈추어 서더니 진희를 돌아보았다.

"진희 씨?"

"아, 저… 저는 공무원이고, 그리고……."

"공무원인 건 저도 알아요."

진희의 당황하는 모습에 조르게가 설핏 웃음을 지었다.

"그게, 5급 공무원이에요. 그냥 사무관이라고 불러요. 그리 높은 직급은 아니지만 국가 정책을 다룬다는 사명감이 있어요. 음… 그런데 대학 친구 중 고시에 먼저 합격한 친구가 있는데 지금 같은 팀에 있거든요. 그 친구는 4급 서기관이라서, 매일 결재 때마다 조금 자존심이 상하기는 해요. 어쩌다 보니 그렇게 되어서……."

"그렇군요."

진희의 얼굴은 가을 단풍처럼 붉어졌고 자신이 무슨 말을 하고 있는지조차 알 수 없었다. 조르게는 그런 진희의 모습을 바라보는 것이 아주 즐거웠다. 진희가 말을 할 때마다 조르게는 깊고 그윽한 파란 눈으로 진희와 눈을 맞췄다. 창덕궁 후원을 가득 메운 형형색색의 꽃처럼 그녀의 볼은 수시로 색이 바뀌었다. 그날 이후 둘의 산책은 계속되었다. 봄이 오월이라는 새 옷으로 갈아입을 때까지.

하지만 그들의 산책이 계속된 한 달이라는 기간 동안 기욱의 마음은 방황해야 했다. 물론 처음은 아니었다. 진희와 함께 시간을 보내는 동안 이런 일은 종종 있었다. 친구 이상이 될 수 없다는 생각에 우울함이 덮쳐 오곤 했지만, 사람의 마음이란 어느 순간이 오면 무슨 감정이든 받아들일 수 있기 마련이다. 이번에도 그의 마음은 정처 없이 떠돌기를 멈추고 제자리로 돌아왔고, 마침 그때쯤 진희의 전화가 다시 걸려 왔다.

"야! 기욱아. 너 나랑 연락 안 하고 지낸 게 벌써 한 달이나 된 거 알아? 그동안 왜 전화 안 받았어?"

"어, 그게… 좀 바빴어."

"넌 내가 궁금하지도 않니?"

"궁금할 게 뭐 있냐? 이번에는 또 누군데?"

사실 기욱은 궁금했다. 궁금해 미칠 것 같았다. 진희의 페이스북을 매일 들여다보며 그녀가 무엇을 하고 있는지 하루에도 몇 번씩 확인하고 또 확인했다. 진희는 일주일에 두 번씩은 조르게를 만났다. 남산, 북악스카이웨이, 한강, 남대문시장에서 그들이 찍은 셀카가 페이스북 가득히 포스팅되어 있었다. 홍대에서 술을 마시고 공연을 보러 다니는 모습도 빼곡히 올라와 있었다.

"너 저번에 만났던 조르게 알지?"

기욱은 올 것이 왔다고 생각했다. 대학 때부터 겪어 왔던 일이지만 이런 질문을 받을 때마다 가슴이 무거워지곤 했다. 삶의 무게와 아픔은 어깨가 아니라 가슴 위에 자리를 잡는다.

"그 조르게라는 남자 어떤 것 같냐고 물어보려고 전화했니?"

까르르르 하는 진희의 웃음소리가 들려왔고, 기욱은 미간을 찡그리며 전화기에서 얼굴을 떼었다가 다시 붙였다.

"어머, 어떻게 알았어? 맞아, 그거 물어보려고 전화했지. 어때, 조르게?"

진희는 이미 알고 있었다. 기욱이 또 뻔한 대답을 하리라는 것을. 기욱은 분명히 "좋은 남자인 것 같더라. 너 같은 애가 뭐가 좋다고 그러는지 모르겠다"라고 대답할 것이다.

"뭐, 좋은 남자인 것 같더라. 근데 너 같은 애가 뭐가 좋다고 그러는지 몰라."

또다시 전화기 너머로 들리는 까르르르 소리에 진희의 모습이 눈에 보이는 듯했다. 진희는 뭐가 그리 재미있는지 한참을 웃고 또 웃었다.

"야! 그나저나 이번 주 토요일 저녁에 조르게가 특별한 곳에 가자고 하던데 같이 갈까?"

"싫어, 내가 왜 거기 끼어?"

기욱의 얼굴이 일그러졌다.

"넌 궁금하지도 않니?"

진희가 다시 물었다.

"내가 뭐가 궁금해야 해? 그래, 너 조르게 만나서 무슨 얘기하는데?"

"주로 조르게가 나에 관해서 물어. 내가 뭘 좋아하는지, 싫어하는지, 어떻게 살고 싶은지, 꿈은 뭔지, 그런 거."

"노처녀한테 꿈은 개뿔. 별것도 없네 뭐."

"노처녀? 너 죽는 수가 있다. 하여간 요즘에는 해양법 이야기도 좀 하지. 우리가 전공이 같더라고."

기욱은 우리라는 표현이 거슬렸다.

"조르게가 얼마나 똑똑한지 일본이 EEZ 포괄법 통과시킨 것도 알더라."

"그건 또 뭐야?"

"어휴, 네가 알 리가 없지. 말해 줘도 잘 모를 거야. 그냥 배타적 경제 수역을 정하고 어쩌고저쩌고 하는 법인데 말이지."

"야. 너 나 무시해?"

"흠. 뭐 그런 건 아니지만. 하여간 독도를 자기네 배타적 경제 수역에 넣은 법이야."

"그래? 일본이 그러고 있는데 너희는 뭐하냐?"

"우리도 해양영토법 만들어서 대응하려고 하지. 그런 이야기 나눠. 대단하지?"

기욱이 "참 대단하십니다"라고 또박또박 답하고는 그런 재미없는 이야기나 하는 게 뭐가 좋으냐고 물었다. 그러자 진희는 지루하다는 듯 화제를 돌렸다.

"기욱아. 사실 이번 주 토요일에 조르게가 한강에서 요트 타자고 하는데, 너 요트 타 봤니? 뭔가 단단히 준비한 모양이야. 유람선은 타 봤는데 요트는 좀 다른가? 같이 가면 안 될까? 좀 떨려서."

"요트?"

기욱은 마음이 쓰려 왔다. 그의 마음이 쓰려 온다는 건 진희에게 남자 친구가 생기리라는 신호나 마찬가지였다. 늘 그랬다.

"응, 요트. 이번 주 토요일 저녁이래."

기욱의 마음에 또 하나의 상처가 새겨지고 있었다.

오월의 프러포즈

"흥! 도대체 사랑이라고는 눈곱만큼도 해 보지 못한 형이 사랑을 알아?"

"야 인마, 사랑을 했으니까 결혼도 하고 아이도 낳았지. 그리고 요놈의 말버릇 좀 봐라. 내 앞에서만 용감해지지, 그 입은?"

"웃기시네. 사랑이 뭔지도 모르는 사람이 형은 무슨 형이야? 형은 사랑을 몰라. 사나이의 이 깊고 깊은 사랑을 모른다고!"

여덟 시밖에 되지 않은 이른 저녁인데도 기욱은 취해 있었다. 어느 부위인지도 모르는 양고기 몇 점이 꼬치에 꽂혀 까맣게 타고 있었지만, 기욱은 아랑곳하지 않고 연신 소주잔만 비웠다.

"기욱아, 술 좀 천천히 마셔라. 응?"

재훈은 기욱의 학교 선배다. 기욱은 하소연할 일이 생기면

으레 재훈을 찾곤 했다. 물론 대부분의 경우는 진희에 관한 것이었다. 사랑 타령을 하는 걸 보니 진희 때문이라는 걸 재훈은 단박에 알았다. 신입생 환영회 때부터 진희와 단짝으로 지내 왔던 기욱이 진희를 친구 이상으로 좋아하면서도 마음을 털어 놓지 못하고 있다는 걸 그는 잘 알고 있었다.

"어허, 오늘은 기욱이가 또 무슨 고민이 있으신가? 내가 맞혀 볼까?"

"형이 뭘 안다고?"

기욱이 딸꾹질을 한 번 하고는 타박하듯 대꾸했다.

"너 말이야, 진희 때문이지? 남자 친구 생겼다지?"

"어? 형이 그걸… 어떻게 알아?"

재훈이 기욱의 뒤통수를 툭 쳤다.

"이 녀석아, 십 년이 넘었다. 네가 찾아와서 사랑 타령하다 진희, 진희야 부르고 정신 잃은 게 한두 번이냐?"

"내가 언제 그랬다고 그래?"

기욱이 소리를 버럭 질렀다. 재훈은 그런 모습을 여러 번 봐 왔는지 어이없다는 듯 웃고 말았다.

"기욱아, 이제 제발 고백해라. 너 대학 신입생 때부터 벌써 몇 년이냐? 그 애절한 사랑, 너무 숙성되다 못해 흐물흐물 없어질 판이다."

"형, 내 사랑은 그런 사랑이 아니야. 숭고한……."

"됐어. 됐고, 도대체 진희의 어떤 점이 그렇게 좋아? 진희만큼 예쁜 애들은 널리고 널렸어. 그리고 진희 그 계집애는 어장관리 잘하는 애야. 주위에 좋다고 쫓아다니는 애들이 좀 많았냐? 얼굴만 좀 예쁘장하지 뭐 볼 세 있다고."

재훈은 노릇노릇하게 구워진 양꼬치를 한 입 베어 물었다.

"젠장. 그러니까 형보고……."

딸꾹질을 하느라 기욱의 말이 끊겼다.

"아니, 그러니까 형이 사랑을 모른다는 거야. 형은 형수가 예뻐서 좋아했어?"

"당연하지!"

"얼씨구, 형수가 성격도 좋고 약사라 돈도 좀 버니까 더 좋았겠네?"

"당연하지."

"그것 봐. 형은 사랑을 몰라. 형이 형수를 사랑하는 것 같아? 형은 형수 외모, 돈, 성격을 사랑하는 거야. 조건을 좋아하는 거라고. 진짜 사랑은 이유가 있을 수 없어. 해가 떠오르고 꽃이 피듯이 사랑할 수밖에 없으니까 사랑하는 거야. 난 그냥 진희가 좋을 뿐이야. 쯔뿔, 사랑을 몰라요."

"어이쿠, 문학적이다. 제법이셔."

"형이 『독일인의 사랑』 뭐 이런 거 읽어 봤을 리가 없지. 그러니까 사랑을 모르는 거야."

"허허, 대단한 문학소년 나셨다. 문학적으로 고백하면 되겠네."

재훈은 소주잔을 털어 넣었다. 기욱의 넋두리는 명절 때마다 재방송을 해 대는 통에 대사까지 외울 지경인 「나 홀로 집에」같다고 생각했다. 기욱을 대신해서 맘을 전달해 주고 싶지만 진희 성격에 웃어넘기고 말 것 같기도 하고, 안 그래도 높은 콧대가 더 높아질까 봐 매번 망설였다. 하지만 이제는 안 되겠다 싶었다. 재훈은 진희에게 전화를 하리라 마음먹었다.

"형. 진희가 이번에는 독일 놈 만난다."

"거참. 이젠 아주 국제적으로 노는구나. 걔는 도대체 어장을 어디까지 넓힐 예정이래? 지가 무슨 원양 어선 선주야? 그 남자는 참치냐?"

기욱이 다시 한 번 딸꾹질을 하고 나서 곧 울음이라도 터트릴 것 같은 표정으로 재훈의 손을 잡았다.

"형, 근데 그 독일 놈이 외교관이야."

"외교관? 그건 어떻게 알았어?"

"나도 몇 번 만나 봤어."

"진희 그것이 또 남자 친구 생겼다고 너 불렀구나? 도대체 무슨 악취미라니?"

재훈이 언성을 높였다.

"아, 씨……. 그게 중요한 게 아니고, 그놈은 독일 대사관에 있다는데 난 그냥 사람들이 이름도 잘 모르는 중견 기업 다니는 평범한 월급쟁이잖아. 그러니까 고백을 어떻게 하냐고?"

"사랑은 조건이 아니라면서. 그리고 네 회사가 어때서? 아몰레드 장비 잘 만들어서 대기업에 납품하지, 기술력 있지. 그리고 사랑 앞에서 그런 게 중요해? 진희가 너 진짜 좋아하면 조건 따질 것 같아?"

재훈은 자기 앞에서만 용감해지는 이 순수하고 가련한 영혼이 애처롭게 느껴졌다.

"리하르트 조르게. 이 자식. 독일 대사관에서 그 뭐냐, 그러니까… 정무 업무 담당이라는데, 그게 뭐 경제 이런 쪽 일하는 거 맞지? 형은 그런 거 알 수 있지 않아? 난 잘 모르지만 그쪽 맞는 거 같아. 진희 만날 때 보니까 진희가 하는 업무에 관심이 많아. 그걸로 둘이 막 뭐라고 대화하는데 난 낄 틈이 없어."

"앗, 뜨거!"

재훈이는 달궈진 꼬챙이를 덥석 잡았다가 손을 데이고 말았다. 그러나 정작 달궈진 꼬챙이가 후벼 판 것은 재훈의 머릿속이었다. 여러 차례 기욱을 통해 들어 왔던 진희의 연애사와는 다르다는 느낌이 불현듯 들었다.

"기욱아, 진희 해양수산부에 있는 게 맞니?"

"형. 진희한테 그렇게 관심이 없어? 사람이 왜 그래? 아, 어떻게 그걸 모를 수가 있어? 해양수산부 사무관이잖아, 사무관!"

기욱은 또 딸꾹질을 했다.

"어, 그래 미안하다. 업무는 뭔데?"

"아, 진짜······. 요새는 뭐라더라. 배타적 경제 수역인가, 뭐 그런 업무 한대. 독도 수역이 일본 무슨 법 때문에 우리랑 겹친다나 그러더라고. 그런데 지금 그게 중요한 게 아니잖아. 리하르트 조르게, 그 자식 잘생겼어. 젠장, 내 얼굴은 왜 이런 거야? 난 도대체 왜 이따위야? 아니, 사실 그 자식 잘생긴 건 아니야. 그냥 금발이라서, 눈동자가 파래서 그렇게 보이는 건지도 몰라."

기욱의 딸꾹질은 계속되다 못해 꺽꺽거리는 소리로 바뀌었다.

재훈은 진희에게 전화하려던 마음을 접었다. 그러면 안 될 것 같았다.

'리하르트 조르게라는 독일 외교관이 진희의 업무에 대해 종종 물어본다. 그런데 독일과는 별 관계가 없는 일이다. 정치 정보를 수집하는 것이 임무인 정무 담당이 왜 경제에 관심이 많을까? 뭐지?'

진희가 조르게에게 정보를 제공하고 있거나, 아니면 리하르트 조르게라는 남자가 일부러 진희를 유혹하고 있을지도 모른다는 생각이 들었다.

재훈은 완전히 취한 기욱을 들여보내기 위해 양재역 사거리에서 택시를 잡았다. 너무 이른 시간에 기욱이 만취한 덕에 택시를 잡는 것이 그다지 어렵지 않았다.

"으흑, 재훈이 형!"

기욱이 재훈을 힘없는 눈으로 쳐다보았다.

"힘내 인마."

재훈은 기욱의 어깨를 툭툭 치며 다독였다.

"형, 그 군복 같은 거 제발 입지 마. 우중충해 보여. 형 외모도 나랑 비슷하다는 걸 잊지 마."

기욱은 술에 취해 풀릴 대로 풀린 눈을 재훈의 코앞까지 들이밀고는 끝까지 주정을 했다.

"가! 얼른 가서 자라, 이 자식아."

재훈은 기욱을 택시에 밀어 넣었다. 그리고 멀어져 가는 택시를 굳은 표정으로 한참이나 바라보았다.

이튿날 기욱은 황금 같은 토요일을 침대에서 보내야만 했다. 진희가 요트를 탄다고 했던 바로 그날이었다. 그 사실이 더욱더 속을 뒤집어 놓았는지도 모른다. 기욱은 저녁이 다 되어서야 겨우 몸을 일으켰고, 그때 진희는 이미 한강의 상쾌한 바람에 들떠 있었다.

"와! 저 요트 처음 타 보는데 정말 신나요. 와우, 트레멘더스!"

유선형의 멋진 요트 앞에 선 진희의 얼굴은 매우 상기되어 있었다. 난생처음 요트를 타 보는 데다 선상에서 식사를 한다고 생각하니, 꽤 근사한 주말 저녁을 보낼 기대감에 한껏 마음이 부풀었다. 요트는 호화로워 보였다. 조르게가 설레냐고 물었고 진희는 그렇다고 대답했다. 둘은 마침내 요트에 올랐다. 아라뱃길 초입에서 잠실대교를 왕복하며 세 시간 동안 서울의 야경을 즐기는 코스라고 조르게가 말했다. 다섯 시 삼십 분. 조금 있으면 한강은 석양을 입을 것이다. 요트는 조종실이 맨 위층에 있어 진희가 자리 잡은 객실과 후면 테라스는 완전히 독립된 공간이었다. 덕분에 진희는 조르게와 단둘이서만 요트를 타고 있는 듯한 느낌이었다.

"음, 그런데 다른 사람들은 없어요? 요트가 꽤 큰데……."

요트에 앉아 출발을 기다리던 진희가 물었다.

"진희 씨를 모시고 요트를 타는데 다른 사람들과 함께 타기는 싫었습니다. 그래서 이 배를 통째로 빌렸어요. 불편하신가요?"

진희는 특유의 신사다움이 묻어나는 조르게의 몸짓과 목소리가 싫지 않았다.

"조르게 씨, 이런 건 상상조차 못했어요. 정말 세심하세요."

조르게가 조심스레 진희의 옆자리에 앉았다. 그러고는 앞으로 그냥 '리하르트'라고 부르라고 했다. 더 가까워졌으면 좋겠다고도 했다. 진희는 그냥 알겠다고 대답했다.

진희와 조르게가 대화에 몰두한 사이 요트는 천천히 선착장을 빠져나왔고, 객실에는 은은한 조명이 켜졌다. 음악은 없었지만 한강의 물결이 요트의 고물에 닿아 찰싹거리는 소리가 그 어떤 음악보다도 달콤했다. 객실 테라스의 테이블 위에는 화사한 꽃으로 장식된 센터피스가 놓여 있었다. 진희와 조르게는 연어 샐러드로 식사를 시작했다. 화이트 와인 한 잔을 곁들인 선상에서의 애피타이저가 진희는 꽤나 낭만적이라고 생각했다.

잠시 후 귀에 익은 음악이 흐르기 시작했다. 요한 슈트라우스 2세의 「아름답고 푸른 도나우」였다.

'빠바바밤 뺌빠 뺌바.'

빈을 관통하여 흑해로 흘러가는 도나우 강 위는 아니었지만 요한 슈트라우스 2세의 왈츠는 한강과도 썩 잘 어울렸다. 때로는 격동적으로 흐르다 어느 순간 한없이 평온하고 도도하게 흐르는 강물의 모습을 눈을 감고 있어도 상상할 수 있었다. 이 왈츠 때문에 진희의 마음 또한 흐르는 강물처럼 부드럽고 평온해졌다.

빛나는 음악의 힘이었다. 1867년에 만들어진 한 곡의 왈츠가 2014년을 살고 있는 진희의 마음을 춤추게 했다. 그것이 바로 조르게가 바라는 것이었다. 이 음악 때문에 진희의 마음 끝을

간신히 붙잡고 있던 일말의 경계심이 강물과 함께 흘러가 버렸다. 사람의 기분을 좋아지게 하는 왈츠는 계속 흘렀고, 진희가 들뜬 마음으로 스테이크를 오물거리며 음미하는 동안 요트는 반포대교가 보이는 곳까지 항해했다. 동서로 길게 늘어진 대로를 따라 군 의장대가 사열이라도 하듯 가로등이 질서정연하게 불을 밝혔고, 분주하게 움직이는 차량의 행렬마저 반짝이는 보석이 되어 어둠으로 가득 찬 강물 위에 내려앉았다.

"누군가를 만난다는 것이 얼마나 대단한 일인 줄 아시나요?"

조르게가 물었다.

"얼마나 대단한 일인데요? 리하르트."

조르게가 특유의 웃음을 지어 보였다. 새하얀 이가 드러나 보였지만 과하지 않았고, 눈에는 자신감이 차 있었지만 오만이나 허영과는 거리가 멀었다. 바람을 따라 살짝살짝 움직이는 금발은 그의 표정을 더욱 완벽하게 하는 장식품 같았다.

"제가 진희 씨를 만나지 못했다면 어땠을까요?"

"글쎄요."

"누군가를 알게 된다는 건 아주 큰 의미가 있어요. 생각해 보세요. 진희 씨를 만나기 전까지 저는 이 세상에 존재하는 사람이 아니었어요. 적어도 진희 씨에게는 말이죠. 진희 씨를 만나고 나서야 저는 진희 씨의 세계에 존재하는 사람이 되었습니다. 만남이란 단지 누군가를 알게 되느냐 아니냐 하는 차원의 일이 아니에요. 이 세상에 존재하는 사람이 되느냐 아니냐의 문제이지요."

"네······."

"진희 씨도 저에게는 존재하시 않는 사람이었어요. 적이도 우리가 처음 만나기 전까지는 말이에요. 진희 씨는 끊임없이 삶의 의미를 만들어 내고 있었겠지만 제겐 전혀 무의미한 것들이었지요. 존재하지 않았으니까요. 지구 반대편, 아니 당장 이 도시 곳곳에도 수많은 사람들이 살아가고 있지만 그 사람들이 나에게 어떤 의미가 있을까요? 그들이 죽든 사고를 당하든 아무 일도 아니에요. 그들은 살고는 있지만 나에게는 존재하는 사람이 아니기 때문입니다. 그들의 삶이 나에게 미치는 영향이라고는 전혀 없어요. 하지만, 우리는 만났고 세상에는 진희라는 여자와 리하르트라는 남자가 존재하고 있다는 사실을 알게 되었어요. 당신의 말, 행동, 아픔, 기쁨 이런 것들이 제 일상을 파고 들어왔어요. 당신을 만나지 않았다면 당신의 일상, 당신의 감정, 당신의 삶 따위는 저의 세상에는 존재하지 않는, 없는 것이에요. 그러니 누군가를 만난다는 건 내가 실존하고 있다는 일종의 증표 같은 것, 당신의 세상과 나의 세상 간의 교집합을 만들어 내는 숭고한 행위라고 할 수 있어요."

"어머, 그렇게까지는 생각해 보지 못했어요."

조르게가 다시 웃었다. 조명을 받은 그의 금발이 더욱 반짝였다. 그는 건배를 제의했다.

'티잉.'

와인 잔이 서로 부딪치며 맑은 소리를 만들어 냈다. 아름다운 소리만큼 와인도 부드럽게 느껴졌다. 와인을 잘 모르는 진희에게는 드라이하게 느껴질 만큼 달콤한 맛은 없었지만 분명이 밤과 어울리는 풍부한 향이 깃들어 있었다.

"그럼 우린 누군가를 만날 때마다 서로에게 생명을 주고 있겠네요?"

"맞아요. 하지만 만남을 만남으로만 끝낸다면 수많은 꽃들이 피었다가 지고 마는 것처럼 결국에는 소멸하게 된답니다. 한때 자주 만나고 어울리던 사람들도 관심이 사라지면 꽃이 시들듯 점점 볼품없는 존재가 되지요. 마침내는 완전히 잊히고요. 어쩌다 문득 '그런 사람이 있었지' 하는 정도로만 누군가를 기억하는 건 부질없는 일이에요."

진희가 고개를 끄덕였다. 와인을 마신 탓에 몸이 점점 따뜻해지고 있었다.

"전 진희 씨와 스쳐 가는 만남이 되고 싶지 않아요. 생텍쥐페리가 그랬죠. 지구에는 수만 송이의 장미가 있다고. 그건 어린왕자의 별에 핀 장미 한 송이와 전혀 다를 바 없어요. 하지만 그한 송이 장미가 어린 왕자에게 특별한 장미가 될 수 있었던 이유는 그가 그 장미를 돌보아 주었기 때문입니다. 병풍을 쳐 주고 물을 주고 시간을 쏟았기에 흔하디흔한 장미가 아니라 세상에 하나뿐인 장미가 된 것이지요. 누군가에게 헌신한다는 건 특별함을 부여하는 일이고, 그 특별함은 다이아몬드처럼 반짝거리는 존재의 이유가 되는 거예요."

조르게가 몸을 움직여 진희와 더욱 바싹 붙어 앉았다. 진희는 몸을 조금 뒤로 빼 보았지만, 정말 조금이었다. 더 움직여야 했지만 와인의 취기가 점점 더 올랐고 끊임없이 흐르는 아름다운 왈츠로 인해 그녀의 몸은 무방비 상태가 되어 가고 있었다.

"이 세상 수천 수만 명의 여자들과 진희 씨를 비교하고 싶지 않아요. 진희 씨에게 나의 영혼을 보내고 시간을 쏟고 싶어요. 당신 때문에 내 마음은 옥죄는 아픔을 겪고 있습니다. 진희 씨가 허락해 준다면 당신을 이 세상에 단 한 송이뿐인 장미로 대하고 싶어요."

진희의 눈동자가 흔들렸다. 단지 기분 좋은 취기 때문만은 아니었다. 말도 안 되는 이 고리타분한 고백에 어떻게 대처해야 할지 다소 혼란스러웠다. 그녀가 알고 있는 다른 누군가가 이런 말을 했다면 코웃음 치며 유치하다고 타박했을 텐데, 조르게의 말에는 묘한 힘이 있었다.

조르게가 좀 더 진희와 붙어 앉았다. 그녀가 몸을 더 뒤로 빼기에는 요트의 의자가 작았다. 아니 그건 핑계였을지도 모른다. 바람이 불었고 조르게의 머리가 다시 한 번 흩날렸다. 조르게가 몸을 기울여 진희와 밀착했고 손을 뻗어 진희의 허리를 감쌌다. 진희는 살짝 숨이 막혔다. 정신은 멀쩡한데 몸만 마비되어 버린 것 같았다. 조르게의 은은한 향수 냄새가 풍겨 왔다. 아주 잠깐 어지러움도 느꼈다. 그녀는 몸매가 제법 드러나는 원피스를 입고 온 것이 잘한 일인지조차 혼란스러웠다. 예상치 못한 상황이었다.

"날 허락해 주세요. 우리의 만남이 서로의 존재를 인정하는 증표가 되었다면, 당신의 허락은 내 삶의 의미를 찾아 주는 숭고한 의식이 될 것입니다. 내 삶의 의미가 되어 주세요."

조르게의 얼굴이 조금 전부터 진희와 점점 가까워지고 있었다. 진희의 잘록한 허리를 감싸 안았던 그의 손이 그녀의 등을 쓰다듬고 있는 게 느껴졌다. 한강의 어둠 속에 숨어 있던 그의 파란색 눈동자도 이젠 분명하게 보였다. 사파이어처럼 맑고 깊었다. 심장이 세차게 뛰는 소리가 들릴까 봐 진희는 긴장했다.

'쏴아!'

그 순간 반포대교의 분수가 일제히 물을 뿜어내기 시작했다. 왈츠 소리는 이제 분수의 물소리에 묻혀 버렸다. 진희는 심장 뛰는 소리가 들리지 않을 거라고 생각했다. 간간이 들리던 선장의 말소리도 들리지 않았다. 다행이었다.

그때 조르게가 진희의 반대쪽 팔을 잡아당겼다. 그녀는 영락 없이 조르게의 품에 안긴 꼴이 되었다. 그리고 조금씩 조금씩 그의 입술이 그녀에게 다가왔다. 이 오월에.

시작

"어제 별로 마시지도 않았는데 숙취가 있네. 늙었나?"

재훈은 쓰린 속을 달래려고 따뜻한 보이차를 후후 불어 마시고 있었다. 차를 한 모금 마신 후 다리를 턱하니 책상에 올리고는 눈을 감았다가 옆자리의 후배가 타닥거리며 타이핑하는 소리에 귀찮은 듯 고개를 돌려 흘끔 쳐다보았다.

"넌 뭐한다고 이 좋은 토요일에 사무실에 나와서 타닥타닥 시끄럽게, 하늘 같은 선배님 휴식을 방해해?"

"그러는 선배님이야말로 이 좋은 토요일에 형수님 모시고 어디 좀 가세요. 매일같이 사무실에 나와서 이러지 마시고요."

"어휴, 토요일 일요일 계속해서 출근하며 살았더니 이제는 마누라가 안 놀아 준다. 어쩌다가 쉬는 날이면 애 공부시키는 데 방해된다고 나가라고 하더라. 그러는 너야말로 뭐하는 짓이냐? 애인 만나러 안 가?"

"헤어졌어요."

"또 차였구나?"

"제가 차일 놈이에요?"

재훈의 후배가 정색을 했다.

"그냥 제가 편하게 놔준 거지요."

"잘도 그랬겠네. 뭐라 그러면서 차디?"

"자기를 못 믿는 것 같다고 하던데요."

"내가 충고 하나 할까? 맘에 드는 여자가 나타나면 적당한 선에서 보안을 지키든가 아니면 나처럼 좀 거짓말을 하든가 해. 우리 집사람은 첫아이 태어날 때까지 내 직업을 몰랐어."

"에이, 말도 안 돼요."

"말도 안 되긴. 우리 집사람은 내가 그냥 보통 직장인인 줄 알았어. 회사 이야기는 다 거짓말로 지어냈지. 너 연애할 때마다 여자 친구가 '자기야 무슨 일해?' 아니면 '오늘은 왜 바쁜 거야?' 이렇게 물어보면 하나도 말 안 해 줬지?"

"아네요."

"그럼?"

"보안이야. 이렇게 대답했죠."

"이런, 이 화상아! 그러니까 만날 차이지. 하나도 말을 안 해 주면 어떤 여자가 널 좋아하겠냐? 내 남자 친구가 나를 못 믿는구나 하고 생각하는 게 정상이지. 누가 너랑 사귀고 싶겠어?"

"방법이 없잖아요. 보안은 보안인데."

"에라, 이 녀석아. 그러니까 네 동기들이 여자를 사귀면 두 달을 넘기는 법이 없는 거야. 그 기수엔 노총각만 징그럽게 득실득실하잖아. 네 훈육관은 그런 것도 안 가르쳐 주디?"

"아 몰라요. 훈련받으면서 연애하는 법 교육받는 기수도 있습니까?"

재훈은 후배를 보면서 절레절레 고개를 흔들고는 몸을 일으켜 보이차를 한 모금 더 들이켰다.

"연애 한 번 제대로 못해 보고 신입 여직원 들어오면 갓 제대한 복학생처럼 눈치 없이 덤벼들 지지리 못난 녀석이 여기 또 있구먼."

"아이 진짜 그만하세요."

"알았다, 알았어. 하던 거나 마저 해라."

재훈은 후배를 실컷 놀려 먹고는 장난기 가득한 웃음을 짓고 차를 한 모금 더 마셨다. 그러고는 만족한 듯 아예 의자를 최대한 뒤로 젖혀 눕다시피 기댔다.

"그런데 지금 진짜 뭐하는 거냐, 너?"

"이거요? 월요일에 신입 요원들 대상으로 방첩 교육 좀 해달라는 요청이 와서 교안 만들고 있어요."

"방첩 교육이라. 주제는 뭐로 할 건데?"

"강의 주제는 '백 년 전 한반도를 살펴보자'입니다."

"촌스럽기 이를 데 없구면."

재훈은 그렇게 말하고는 키득거렸다. 하지만 후배는 아랑곳하지 않고 설명을 이었다.

"백 년 전에, 아니 정확히 말하자면 구한말이죠? 우리나라를 식민지로 만들려고 미국, 일본, 중국, 러시아 다 달라붙었잖아요?"

"그렇지."

"그놈들 말로는 다 조선을 살리기 위한 길이다, 우리는 친구다 그러면서 속셈은 이권을 빼앗아서 저희 배불리려고 자기들끼리 싸워 댔잖아요. 이완용 같은 놈들은 또 거기 붙어서 한몫 챙기려다 결국 나라 팔아먹었고요."

"그런 셈이지."

"그때 고종 황제가 우리나라를 어떻게 해 보려는 외국인들 찾아서 쫓아내고 외국에 붙어서 나라 팔아먹으려는 정부 관리들 막아 보려고 정보기관 만든 거 아시죠?"

재훈은 허허 웃으며 말했다.

"제국익문사 말이지?"

"네. 제국익문사요. 그 제국익문사가 하던 일이 방첩이잖아요. 우리나라를 지키기 위해 외국인들을 막아 내고 거기에 빌붙어서 나라 팔아먹는 조선 사람들 찾아내는 일 말입니다."

60

"그렇지. 방첩이지."

"지금 우리가 하는 일과 똑같잖습니까?"

"그렇군. 시간이 흘렀다고 외국인들의 음흉함이 사라지는 건 아니니까. 그리고 그런 외국인들에게 붙어서 기밀도 쓰윽 내주고 그들이 부탁하는 대로 정책도 만들어 주는 공직자들이 없다고도 할 수 없고."

"없다고도 할 수 없다고요? 오히려 꽤 많을 겁니다. 그리고 유학 다녀온 사람들이 자기가 외국 사람 다 된 줄 알고 그 나라 옹호하는 기고문 내는 것도 참 웃겨요."

"그래, 볼썽사납지. 아, 방첩이라, 방첩! 외국 스파이 잡고 거기에 빌붙는 매국 세력을 찾아내는 방첩이라."

"사람들은 전혀 모르지만 멋지지 않습니까? 제가 방첩 때문에 국가정보원 입사한 거예요. 진짜 멋지죠?"

재훈의 후배가 웃었다.

"그래, 멋지다. 멋져."

후배를 보며 재훈 역시 웃었다. 그러다가 문득 뭔가 생각난 듯 급히 몸을 일으켜 세웠다.

"참. 호철아. 내가 어제 대학 후배를 만났는데 좀 이상한 게 있다."

"이상하다니요? 뭐가요?"

"내 대학 후배가 좋아하는 여자애가 있는데 그 애가 독일 외교관을 만난다는 거야. 근데 그놈 스파이 아닐까 싶어."

"외교관은 다 스파인가 뭐?"

"아니, 그 여자애가 해양수산부 다니거든."

"그게 스파이랑 무슨 상관이 있다고 그러세요?"

"그놈이 독일 대사관에서 정무 업무를 담당한다는데, 어째서 해양수산부 직원에게 그렇게도 관심이 많은지 모르겠단 말이야. 뭔가 좀 수상해."

"어쩌다 보니 우연히 그럴 수도 있죠. 물론 정무 담당이면 우리나라 정치 현안에 관한 게 주 업무니까 정치인이나 언론인들에게나 관심을 보이는 게 자연스럽긴 하지만요. 그냥 그 여자분에게 관심이 있는 거 아닐까요?"

"이름이 리하르트 조르게라고 하던데."

"조르게요? 외교관 중에 그런 이름은 없어요."

"네가 그걸 어떻게 알아?"

"제가 며칠 전에 국내에 있는 외국 외교관 현황 정리했는데 그런 이름 없었어요."

"그래? 보여 줘 봐."

호철은 현황 서버에 접속했다. 비교적 단순한 자료여서 그런지 암호를 한 번만 입력하고도 접속이 허용되었다.

"정말로 독일 대사관에 리하르트 조르게라는 이름을 가진 사람이 없네."

"음, 그리고 국내에 파견된 독일 공직자 가운데도 이런 이름은 없어요. 사진이라도 있으면 좋을 텐데……. 사진 없으세요?"

"사진은 뭐하게?"

"가명일 수 있으니까요. 여기 현황 자료에 있는 사진과 비교해 보면 확실히 알 수 있잖아요."

"그렇구나! 사진을 확보한 후에 대조해 보자 이거지? 그렇다면 사진을 먼저…… 그런데 어떻게 확보하지?"

호철이 천진난만한 표정으로 재훈을 바라보며 씽긋 웃었다. 그러곤 인터넷에 접속하더니 재훈을 바라보며 말했다.

"선배님, 후배 분 이름이나 알려 주세요."

"왜? 그러면 찾을 수 있나? 진희라고 해, 박진희."

호철은 신나게 키보드를 두들겼다.

"자, 자, 이런 건 말입니다, 시스템에 접속할 필요도 없어요. 보세요. 마법의 구글링 갑니다. 와, 박진희라는 이름은 무지 많네요. 음. 그런데 해수부 근무한다고 그러셨죠? 어디 보자. 해양수산부 박진희라… 자 나와 주세요, 박진희 씨. 컴 온, 컴 온."

그의 표정이 의기양양해졌다. 재훈은 황급히 호철의 자리로 옮겨 갔다.

"흠흠, 선배님, 박진희 님 페이스북이 있네요. 한번 들어가 볼게요. 이야, 프로필을 무척이나 상세하게 적으셨네요. 사무관이라는 직급까지 밝혀 놨어요. 이렇게까지 프로필 올리는 사람은 거의 없는데, 좀 놀라운 걸요. 이러면서 개인 정보 유출 같은 덴 또 민감들 하죠. 자 이제 사진을 보면 말이죠…….”

재훈의 눈이 휘둥그레졌다.

“헤헤, 보셨죠? 여기 있네요. 이 백인, 조르게 맞을 것 같은데요. 이건 뭐 둘이 같이 엄청 돌아다니네요. 사귀는가 보죠?”

“그런 것 같다. 그 사진 출력도 되나?”

“하하, 선배님. 성질도 급하시긴. 아직 사진 출력하고 비교해볼 타이밍이 아니라고요. 페이스북에서 조르게도 검색해 봐야죠. 짜잔, 여기 있네요. 조르게. 음… 독일 대사관에서 근무한다고 써 두었는데 아무래도 사기인 것 같아요. 페이스북 프로필에는 자기 경력, 직업 다 가짜로 적는 애들도 부지기수거든요. 아무래도 진희 씨라는 분한테 접근해서 그냥 적당히 즐기다가 헤어지려고 하는 거 아닐까요? 스파이라고 단정하는 건 무리일 수도 있어요.”

“하긴, 그럴 수도 있겠군. 하지만 이상하잖아. 이런 놈이 왜 해양수산부 일에 그렇게 관심이 많을까? 만나면 업무에 대해 물어본다는데 건달 같은 놈이면 그런 데 관심을 둘 리가 없잖아.”

“똑똑한 척 하는 걸 수도 있죠. 여자 꼬시려고 말입니다.”

“그런가?”

호철은 콧노래를 흥얼거리며 조르게의 사진을 하나 출력했다. 그리고 다시 조르게의 페이스북 여기저기를 살펴보다가 조심스러운 목소리로 말했다.

"선배님. 좀 이상하긴 한데요."

"뭐가?"

"조르게의 페이스북 친구들 말입니다. 다 경제인들이에요."

"그래?"

"네. 사기꾼이라고 하기에는 특정 직업군이 너무 많아요. 보세요. 무슨 경제 연구원부터 시작해서 박진희 씨까지……. 게다가 유독 경제 업무와 관련된 공무원들이랑 친구를 많이 맺었어요. 이거 좀 수상쩍은데요?"

"그러게. 한번 추적해 보자. 아무래도 스파이일 가능성이 높은 것 같다. 아, 프로필에 조르게 전화번호가 있네. 감청해 보면 쉽게 파악할 수 있겠는걸? 어렵지 않지?"

재훈은 조르게의 프로필을 유심히 살피며 말했다.

그러자 호철이 재훈을 세상 물정 모르는 사람 바라보듯 어이없다는 표정으로 쳐다보았다.

"선배님, 방첩 하루 이틀 하신 분도 아니고 왜 이러세요?"

"뭐?"

"요새 누가 휴대 전화로 중요한 얘기를 해요? 그리고 감청 신청하려면 스파이라는 증거 먼저 확보해야 하고, 그나마 휴대 전화는 감청도 안 됩니다."

"아차차, 그렇지. 그럼 어떻게 하나?"

"우리 잘하는 거 있잖아요?"

"몸으로 때우기?"

"바로 그거죠."

"그럼 일단 뭐든 더 찾아보고 월요일에 보자. 이 자료 저 자료 최대한 수집해서 밤새 분석하고 쫓아다녀 봐야지. 몸으로 부딪치는 게 시간이 많이 걸려서 힘들긴 하지만 말이야. 얼른 들어가라. 나 먼저 간다."

재훈은 찝찝한 마음으로 사무실을 나섰다. 머리 위로 오월의 봄 향기가 쏟아졌다. 사방에서 싱그러운 바람이 살랑거렸다. 이 계절의 바람에는 언제나 진한 꽃향내가 녹아 있다. 그러나 재훈에게는 봄의 향기도 꽃의 화사함도 느껴지지 않았다. 그의 머릿속에는 조르게의 정체를 어떻게 알아낼지에 대한 고민만 가득했다.

며칠 후 아침, 사무실에 앉아 있는 그의 머릿속은 여전히 무거웠다.

"선배님, 나왔어요."

재훈이 와당탕거리며 자리에서 일어나더니 후배의 손에 들린 서류를 낚아챘다.

"이게 뭐야?"

"페이스북에 있는 조르게의 숙소 전화번호 수발신된 내역입

66

니다. 그런데 기대하지 마세요."

"뭘 기대하지 말라는 거야?"

"수발신 내역에 진희 씨 번호는 없습니다."

재훈은 깊은 한숨을 푸욱 내쉬었다. 잘못 짚은 것 같았다. 자신의 감은 아직까지 한 번도 빗나간 적이 없었는데, 문득 이젠 필드를 떠나야 하나 싶은 생각이 들었다. 하지만 그럴수록 더 궁금해졌다. 조르게의 신분은 무엇이며, 뭘 노리고 진희에게 접근하는 것인가. 그가 스파이인지 아니면 자신이 잘못 짚은 것인지도 확실히 알고 싶었다. 그런 그에게 연필을 들고 한 줄 한 줄 그어 가며 수발신 내역을 읽던 그의 후배가 번호 하나를 보여 주었다.

"그런데요 선배님. 여기 이 번호는 일본 대사관 번호 아닌가요? 맞는 것 같은데요?"

"어디? 이 번호?"

"네. 그 번호요."

"일본 대사관이라고?"

"네, 정작 독일 대사관은 없어요. 웃기네. 참."

재훈은 한동안 말없이 생각에 잠겼다. 그러더니 알겠다는 듯 천천히 고개를 끄덕이고는 진중한 목소리로 말했다.

"저기 말이야, 분석 팀에 가서 일본 쪽에서 뭐 나오는 게 없는지 의뢰 좀 해 줄래? 아니면 최근 이슈가 되고 있는 한일 간

현안이 어떤 게 있는지 알아봐 줬으면 좋겠다."

"그럴게요. 선배님은 조르게가 일본 쪽과 연관되어 있을 수도 있다고 생각하시는 건가요?"

"여러 가능성 중 하나지. 기왕 하는 거 독일 쪽엔 뭐가 있는지도 알아봐."

"네, 알겠습니다. 지금 다녀오겠습니다."

호철은 방첩 분석 팀에 자료를 요청하기 위해 사무실을 나섰다. 재훈은 성과가 있기를 바랐지만 괜히 분석 팀의 타박만 듣는 건 아닌지 걱정이 되었다. 사무실에 혼자 남아 있던 재훈은 기욱에게 전화를 걸었다.

"어, 형."

"기욱아. 잘 지냈어?"

"뭐, 잘은 못 지내지만 그럭저럭 견디고 있어요. 참, 그 조르게 뭐하는 사람인지 알아냈어요?"

기욱은 기운 없는 목소리로 물었다.

"이 녀석 보게. 내가 진희랑 사귀는 남자애들 신원 조사 하는 사람이냐?"

"아, 형, 그러지 말고 좀 알아봐 줘. 저번에 내가 조르게 명함도 줬잖아. 국정원에 있으면서 그런 것도 못해 줘요?"

"나 바빠 인마. 그나저나 요즘 진희는 어때?"

"요즘도 조르게랑 만나는 것 같기는 한데, 아직 본격적으로

68

사귀는 건 아닌가 봐요. 그래도 자주 만나는 눈치예요."

재훈은 그러냐고 했다. 하지만 재훈이 기욱에게 전화를 한 목적은 그것이 아니었다. 감청이 안 되니 다른 수를 써서라도 조르게의 동선을 미리 파악해야 했다.

"기욱아, 너 요새도 자전거 타니?"

"자전거요? 진희가 계속 타자고 하니까 타기는 하지."

"그렇구나. 너도 참 징그럽다. 진희가 하자고 하면 뭐든지 계속하다니, 속도 없는 놈. 진희가 군대 가자고 하면 다시 갈 놈이야."

"뭐, 진희랑 같은 내무반을 쓸 수 있다면야. 하하."

"자전거는 언제 타는 거야? 단둘이 타니?"

"아니에요. 그러고 싶은데 진희가 동호회 초급반에 나가서 타자고 해서 주말에 거기서 타요."

"그렇구나. 좋겠네. 좋아하는 진희 얼굴 실컷 보고."

재훈은 기욱의 목소리에 힘이 빠지는 걸 느꼈다. 뭔가 있는 게 분명했다.

"그게, 형, 그 조르게라는 자식 있잖아, 그놈이 꼭 나와. 나오는 날은 진희랑 미리 약속을 잡는 것 같아요. 근데 그놈이 나오면 얼마나 내 속이 타는지 몰라. 그놈이 나오면 말이에요, 형이 자전거를 안 타서 모를 텐데, 자전거 타면 뭉쳐서 다니잖아. 근데 그놈이 나오면 진희랑 둘이서만 무리에서 뛰쳐나가서 한참 앞에 가 있거나 흐르는 경우가 많아요."

"흐르다니?"

재훈의 입술이 마르기 시작했다.

"흐른다는 건 뒤처진단 소리예요. 자전거 타는 사람들끼리 쓰는 은어예요. 그러니까 둘만 흐른다고 하면 둘만 무리에서 뒤처진다는 거지. 생각해 봐요, 형. 내가 속이 안 타겠어? 뛰쳐 나가는 건 타이밍을 잡을 수가 없어. 사이클 경기에서는 어택 이라고 하는데, 슬슬 무리 눈치 보다가 확 하고 튀어 나가는 거 죠. 근데 어떻게 둘이 매번 같은 타이밍을 잡는지 모르겠어. 그 리고 둘이 흐를 때는 나도 같이 흐르고 싶은데 그럴 때마다 주 위에 내가 처지지 않게 도와주겠다는 사람이 꼭 나타나요. 너 무 속상해."

"그래? 그럼 둘만 있는 시간이 있다는 거네? 얼마나 오래 같 이 있어?"

"앞으로 뛰쳐나가는 건 대부분 금방 잡아요. 이삼 분, 길어야 오 분쯤인데, 그래도 그 시간 동안 둘만 있는 거잖아. 평소에도 종종 만나면서 꼭 자전거 타러 나와서도 그래야 하는지 정말 모르겠어. 둘만의 뭔가가 있는 것 같아."

기욱을 속 태우는 일이 재훈에게는 조그만 실마리가 될 듯했 다. 뭐든 확인할 수 있다면 행동을 취해야 했다.

"기욱아. 그 모임 말이야, 거기 나가려면 어렵니?"

"아니요. 인터넷 동호회라 어려울 거 없어요. 내가 홈페이지 주소 보내 줄게요. 거기서 회원 가입하고 지역별 모임에 신청하면 누구든지 올 수 있어요. 근데 실력이 안 되면 따라오기는 힘들 거야. 빨리 달리거든. 난 처음 나갔다가 못 따라잡아서 난감했던 적도 있어요. 왜, 형도 타게?"

"아니, 그런 건 아니고. 그런데 지역별 모임에 들어가면 언제 누가 타는지도 알 수 있나?"

"응. 한 명이 타자고 글을 올리고 다른 사람들이 참석한다고 댓글을 다니까 게시 글 잘 살펴보면 누가 언제 타는지 알 수 있어요."

"오케이, 알았어. 고맙다."

"잠깐만, 형. 이거 물어보려고 전화했어? 무슨 용건 있는 건 아니고?"

"너 살았는지 죽었는지 알아보려고 전화했다. 상사병에 속이 타 죽었을까 봐서."

기욱은 힘들기는 하지만 이겨 낼 수 있다고 했다. 진희가 자기 마음을 알아줄 때까지 지고지순하게 곁을 지킬 거라고 했다. 아직 조르게랑 사귀는 것 같지도 않다고도 했다. 재훈은 기욱이 참 바보란 생각이 들었다.

"그래, 잘 버텨라. 다음에 또 전화할게."

통화를 끝내자마자 기욱은 재훈에게 동호회 홈페이지 주소를 문자로 보내 주었고 재훈은 망설임 없이 접속했다. 때마침 호철이 사무실 문을 열고 들어섰다.

"저, 선배님. 분석 팀에서요······."

"야, 너 자전거 탄다고 했지?"

재훈이 말을 끊었다.

"네? 뭐예요, 뜬금없이."

"자전거 타냐고?"

"네, 자전거야 제가 좀 타죠."

"그럼 너 혹시 이 동호회 아니?"

"당연하죠. 자전거 좀 타는 사람들 사이에선 무척 유명한 동호회예요. 저도 거기 중급반이고요."

호철이 모니터를 들여다보고는 대답했다.

재훈의 눈이 번뜩였다. 호철을 이용해서 뭔가를 알아낼 수 있을 것 같았다. 재훈은 기욱과 통화한 내용을 호철에게 이야기했다. 그러고는 진희와 조르게가 자전거를 타는 날 그 모임에 합류해서 그들을 살펴보는 것이 가능한지 물었다.

"음, 해법이 멀지 않은 곳에 있었네요. 어차피 저도 자전거 타는 거 좋아하니까 주말에 나가 볼게요. 그러니까 조르게와 진희 단둘이 있을 때 뭘 하는지, 무슨 말을 하는지 살펴보기만 하면 되는 거죠?"

"응, 그렇지! 할 수 있겠어?"

"그럼요. 어려운 일도 아니네."

"그런데 둘이 자주 만나면서도 자전거를 탈 때 굳이 따로 시간을 만들 필요가 있을까?"

"평소에는 감시당할 수 있잖습니까? 자전거 탈 때는 아무래도 자유롭잖아요."

"맞아. 감시를 피하기 위한 거로군."

"그나저나 조르게 좀 봐야겠어요. 아무래도 일본과 관계가 있는 것 같아요."

호철이 재훈에게 분석 팀에서 대출해 온 자료를 보여 주었다. 일본 대사관에서 해양수산부의 내부 정보를 수집 중인 정황이 있었다. 일본은 독도를 자국의 배타적 경제 수역에 포함시키는 EEZ 포괄법을 통과시켜 두고는 한국 정부의 대응 동향을 집중적으로 수집한다고 했다.

"독일과는 딱히 급한 현안이 없다고 합니다. 일본과는 워낙 얽히고설킨 것이 많긴 한데 최근에는 이거라고 하네요. 아까 통화 내역에 일본 대사관과 조르게가 통화한 흔적도 있던데 아무래도 일본 쪽에서 수작을 부리는 것 같아요. 진희라는 분이 해양수산부에 있다면서요? 그 EEZ 포괄법에 대응하는 게 해양수산부라던데요. 그림이 딱 맞아떨어지죠?"

재훈은 사실 관계를 충분히 알아볼 필요가 있겠다는 판단을 내렸다.

"그 모임에 언제부터 나갈 수 있겠나?"

"언제든지요. 선배님께서 계획 세우시면 당장이라도 출동하지요!"

호철의 시원시원한 대답에 재훈은 고마웠다.

"그럼 홈페이지에 계획이 올라온다니까 보고 있다가 바로 좀 참여해 줄래?"

"네. 그렇게 하겠습니다. 빠르면 이번 주 토요일입니다."

"그래, 시작해 보자."

유명산에서

"선배님, 출발했습니다. 예상대로 조르게와 진희 둘 다 나왔어요. 선배님 후배분도 나왔네요."

"다행이다. 특이한 점은 없고?"

"네, 아직 출발 전이라서 그런지 서로 인사하느라 바쁘네요. 참 지금 핸즈프리로 전화 드리고 있어요. 손이 자유로우니까 전화 주셔도 위험하지 않게 받을 수 있어요. 중간중간 연락 주세요. 상황 보고 드리겠습니다."

"그래, 알았다. 고생 좀 해 주라."

"네. 알겠습니다. 선배님도 올림픽 공원 근처에서 준비하고 계세요."

전화를 끊은 호철은 자연스레 무리에 섞였다. 언제쯤 조르게와 인사를 나눠야 의심받지 않을지가 고민이었다. 진희와는 방금 인사를 나눴는데 처음 보는 동호인들끼리 주고받는 짧은 인사 수준이었다. 재훈의 후배에 대해서는 순수한 영혼의 소유자라는 이야기는 많이 들었으나, 직접 보니 그런 인물평이 외모와는 잘 안 어울리는 듯싶었다. 호철이 다른 회원들과 인사를 마치고 조르게에게 다가서려는 순간, 오늘의 리더가 "출발합니다!" 하고 소리쳤다.

'그래, 어쩜 차라리 인사를 안 하고 출발하는 편이 나을지도 몰라.'

화창한 오월 말의 주말이라 그런지 무척 많은 회원들이 나왔다. 서른 명은 족히 넘는 것 같았다. 이 정도 인원이 모이면 차선을 하나쯤 막고 달려도 차들이 시비를 걸지 못한다. 시속 30킬로미터 이상의 속도로 달리니까 도심에서는 그다지 차량의 흐름을 막지도 않는다. 물론 교외로 나가면 상황은 달라진다.

여러 명이 달릴 때는 서로의 호흡도 중요하지만 신경을 곤두세우고 자신의 바퀴가 앞 사람의 뒷바퀴와 겹치지는 않는지, 선두가 어떤 수신호를 하는지에 집중해야 한다. 잠깐의 방심이 큰 사고를 불러올 수 있기 때문이다. 그러나 오늘 호철에게는 집중해야 할 것이 또 하나 있었다.

오늘은 유명산을 오른다고 했다. 그렇다면 올림픽공원 남문에서 빠져나와 하남으로 들어갔다가 양평으로 향할 것이다. 일단 하남을 빠져나가면 꽤 빠른 속도로 이동할 테고, 유명산에 진입하면 흐르는 사람도 제법 나올 것이다. 호철은 진희와 조르게가 빠져나갈 지점을 예상하고 그 전까지는 무리 중간에 끼어 있기로 작정했다. 봄의 끝자락이라 날이 제법 더웠다. 슬쩍 살펴보니 조르게와 진희는 무리 한가운데 있었다. 그러면 다른 사람들이 바람막이가 되어 주니 체력을 많이 아낄 수 있다. 반면 진희를 좋아한다는 기욱은 바보처럼 선두에서 바람막이를 자처하고 있었다.

'바보. 저렇게 초반에 체력을 낭비하니 매번 못 쫓아갔지.'

그러고 보니 기욱은 출발할 때부터 하남 애니메이션고등학교 앞까지 줄곧 선두에 서 있었다. 뒤로 빠질 법도 한데, 신호에 걸린 동안에도 그 자리에 있는 걸 보면 아마 유명산 입구까지 선두에 서려는 것 같았다. 기욱이 뒤를 돌아보았다. 조르게와 진희를 살피는 것 같았다. 조르게와 진희는 무리 가운데 묻어 온 탓인지 출발 때와 별반 차이가 없었다. 애니메이션고등학교 맞은편 천변에는 벚꽃나무가 신록을 뽐내고 있었고 정면에 자리한 예봉산도 오늘은 아주 또렷이 시야에 들어왔다. 그야말로 반짝거리는 토요일이었다.

"선배님, 애니메이션고등학교 앞입니다. 예상보다는 둘이 이야기를 많이 하진 않아요. 아마 주위에 사람이 많아서 그런 것 같습니다."

호철이 조그만 목소리로 상황을 알렸다.

애니메이션고등학교 사거리를 지나니 팔당대교를 넘어가려는 차들로 도로가 제법 붐볐다. 운전자들이 짜증을 낼 법도 하건만, 늘 막히는 도로라 그런지 별다른 경적 소리는 없었다. 거북이걸음을 하는 자동차들과 달리 두 바퀴 자전거들은 앞으로 잘도 나아갔다. 자전거들은 햇빛을 받아 반짝이는 한강의 풍경을 양옆으로 휘감고 있는 팔당대교를 건너기 시작했다.

팔당대교를 건너는 동안 조르게와 진희는 무리의 앞으로 조금씩 위치를 바꿔 나갔다. 팔당대교를 지나서 기회를 보다가 뛰쳐나갈 심산인 것 같았다. 호철도 조르게와 진희를 잡기 위해 슬금슬금 앞쪽으로 자리를 잡기 시작했다. 예상대로 기욱은 조금 힘들어 보였고, 무리가 조금씩 속도를 높이자 벌써부터 뒤처질 조짐이 보이는 회원도 있었다. 호철은 반쯤 내린 상의 지퍼를 목까지 올렸다. 조르게와 진희를 따라잡을 때 펄럭임을 조금이라도 줄여 힘을 아끼기 위해서였다. 무리의 속도가 점점 빨라졌다. 호철은 아름다운 오월의 경치를 감상할 여유도 없이 앞을 주시해야 했다. 오감은 예민해졌고 아드레날린이 솟구쳤다.

조르게와 진희가 드디어 기욱의 뒤에 자리를 잡았다. 무리는 리더와 기욱, 두 명이 끌고 있었다. 리더와 기욱의 페달질이 조금이라도 멈칫하는 순간 둘은 총알처럼 뛰쳐나갈 테고, 일 초도 안 되는 그 순간이 최소 이백 미터 이상의 거리 차를 만들어

낼 것이다. 한 번 놓치면 따라잡기 힘들다는 것을 알기에, 호철은 진희의 뒤에 자리를 잡고 진희가 기어를 변속하는 짧은 순간을 포착하려고 집중하고 또 집중했다.

드디어 무리가 팔당 옛길로 진입했다. 차량의 소통이 뜸했다. 그러자 리더가 본격적으로 속도를 내기 시작했다. 시속 30, 33, 34, 37킬로미터…… 점점 속도가 빨라졌다. 기욱은 더는 무리를 이끌기 힘들어 보였다. 호철은 계속해서 조르게와 진희의 변속 타이밍을 살피고 있었다. 이제 왼쪽으로 살짝 굽은 모퉁이를 돌면 리더가 '오픈'이라고 소리칠 것이다. 그러면 무리 속누구라도 리더를 추월하여 팔당댐까지는 맘껏 속도를 내도 된다. 여기저기서 '드르륵', '따닥' 하며 기어를 변속하는 소리가 들려왔다. 이 속도를 따라가기 위해서는 어쩔 수 없는 선택이었다.

시속 40킬로미터에 다다르자 리더는 더 속도를 높이지 않았다. 기욱은 조금 뒤로 처질 기미가 보였다. 바로 그 순간이었다. 진희가 한 단 더 높은 기어로 변속하는 것이 보였다. 조르게도 곧장 따라서 기어를 변속했다. 준비를 하는 게 분명했다. 호철도 기어를 변속하고 호흡을 가다듬기 시작했다. 뛰쳐나가면 숨을 참고 폭발적으로 페달을 돌려야 한다. 심장이 요동치기 시작했다. 바람소리도 지나가는 차 소리도 들리지 않았다. 보이는 거라곤 오직 불끈거리는 육체와 잘 빠진 자전거들뿐이었다.

리더가 '오픈'이라고 소리쳤다. 기욱이 슬쩍 뒤를 돌아보는 짧은 순간, 진희가 먼저 뛰쳐나갔다. 0.5초도 안 되는 차이로 조르게 역시 엉덩이를 들고 미친 듯이 페달을 밟았다. 도망치게 두면 팔당댐에 먼저 도착한 둘이 무슨 일을 하는지, 어떤 대화를 하는지 놓치고 말 터였다. 호철은 반사적으로 뛰쳐나갔다. 기욱도 뛰쳐나가려 했지만 타이밍을 놓쳤다.

오늘 달려야 할 거리가 아직 많이 남은지라 추격하는 회원들은 별로 없었다. 조르게와 진희의 시도는 성공적인 듯 보였다. 하지만 호철의 추격이 시작되었다. 호철은 뒤에서 출발한 불리함을 극복하기 위해 숨을 참고 마음속으로 숫자를 세며 근육에 숨어 있는 에너지를 최대한 뽑아 올리려 애썼다.

'하나, 둘, 셋, 넷, 다섯, 여섯, 일곱, 여덟, 아홉, 열, 열하나, 조금 더… 한 번만 더…… 하악하악, 흡. 하나, 둘, 셋, 넷, 다섯…….'

딱 일 분만 더 버티면 된다고 생각한 순간, '어엇' 하며 호철의 스프린트가 끝나고 말았다. 호철과 거의 동시에 치고 나온 회원 하나가 위험하게도 호철을 길 가장자리로 밀어내려 했기 때문이다. 호철은 속도를 줄일 수밖에 없었다.

"뭐하는 거예요?"

호철이 소리를 질렀다. 조르게와 진희가 모퉁이를 돌아 나가는 모습이 보였다.

"비켜!"

호철의 격한 반응에 그를 밀어내던 회원이 잠시 움찔했고, 호철은 다시금 미친 듯이 페달을 밟았다.

'조금만 더 참아. 조금만 더.'

허벅지가 터질 것 같았고, 심장은 한계를 간신히 버텨 내고 있었다. 그를 밀어내던 회원이 호철을 쫓았다. 무슨 의도인지는 모르지만 분명 호철을 견제하고 있었다.

거의 시속 50킬로미터에 가까운 속도로 모퉁이를 빠져나오자마자 팔당댐이 보였다. 저 멀리 진희와 조르게가 달리는 모습이 보였다. 무리와 거리를 벌린 그들은 십 초 단위로 선두를 교대하며 속도를 유지하고 있었다. 얼마만큼의 거리일까? 듣고 싶었다. 오픈 구간이 끝난 지점에서 그들이 나눌 이야기를.

그런데 한순간 진희와 조르게가 나란히 달리기 시작했다. 그러더니 진희가 상의 주머니에서 무언가를 꺼내 조르게에게 건네려 하였다. 어택을 마치고 속도를 줄인 건 분명한데 뭘 건네려는 것일까? 물통도 아니었고 자전거 타는 사람들이 주행 중에 먹는 에너지바도 아니었다. 손바닥만 한 무엇이었다.

바로 그때 호철을 밀치려 했던 회원이 크게 소리를 질렀다.

"이봐! 왜 반말이야?"

조르게가 뒤돌아보았다. 진희도 뒤를 보았다. 진희는 전해 주려던 무언가를 다시 주머니에 집어넣었다. 페달링을 멈추었지만 달리던 관성 때문에 자전거는 계속 제법 빠른 속도를 유지했다. 분명히 이 사람만 아니었으면 진희와 조르게가 뭔가를 주고받는 장면을 좀 더 가까이서 볼 수 있었을 것이다. 중요한 접선 장면을 포착할 기회를 놓친 것 같아 호철은 화가 났다. 하지만 지금 여기서 시비를 가리려 했다간 오늘은 물론이고 앞으로도 그들을 감시하기가 어려워진다는 걸 알기에 참아야 했다.

"미안합니다. 넘어질 뻔해서 저도 모르게 반말이 나왔어요."

"아무리 그래도 그렇지. 오늘 처음 나온 사람이 어디서 반말 짓거리야?"

팔당댐 직전에서 멈춘 무리가 웅성거렸다. 회원들이 하나둘 모여들었다. 반말을 한 호철이 잘못했다는 회원들도 있었지만, 무리하게 호철을 옆으로 미는 장면을 보았다며 호철을 두둔하는 사람들도 있었다. 작은 일이라도 중심에 서서 좋을 건 없었다. 어떤 상황에서도 자신의 존재가 부각되는 것은 부담스러운 일이었다.

"반말을 한 제가 잘못입니다. 죄송합니다."

호철은 사내에게 주먹이라도 날리고 싶었지만, 일을 위해서 분을 삭이고 악수를 청했다. 사실 잘못한 이는 호철이 아니라 상대방이었지만 어쩔 수 없었다. 주위에서 악수하고 화해하라고 한 마디씩 거들었다. 사내가 마지못해 호철의 손을 잡았다. 리더가 이제 되었다고 다시 즐겁게 가자면서 출발을 제의했고 무리는 움직였다. 호철은 그가 자신에게 위협을 가한 것보다 진희와 조르게의 모습을 제대로 살피지 못한 것이 더 분하고 억울했다.

"괜찮으세요?"

무리 중 한 사람이 말을 건네 왔다.

"예. 괜찮습니다."

"아까 저 사람 말이죠, 문제 인물이에요."

호철이 고개를 돌려 자신에게 말을 건 인물을 보았다. 기욱이었다. 그는 이제 힘이 다했는지 후미로 처져 있었다. 진희와 조르게는 다시 무리의 중간으로 들어가 힘을 아끼고 있었다.

"저 사람 말입니다. 제가 앞으로 치고 나가려고 해도 매번 저렇게 방해하는 악질이에요. 제발 좀 안 나왔음 좋겠는데 매번 빠지지 않고 나와요. 저번에는 저도 크게 넘어질 뻔했어요. 그래서 오늘은 오픈하고 나서 슬쩍 뒤를 봤는데, 이번에도 위축이 돼서 못 나가겠더라고요."

"아, 그렇군요."

기욱은 호철을 보며 조심하라고 했다. 그리고 한 명 더 있는데 오늘은 안 보인다는 말도 덧붙였다. 호철은 그 사내가 자신을 또 막을지 확인하고 싶었다. 그래서 진희와 조르게 사이로 들어가 보리라 마음먹었다. 기회를 보며 조금씩 진희 근처로 위치를 이동했다. 조르게의 넓은 등과 헬멧 아래로 출렁이는 금발이 뚜렷하게 보였다. 이제 두 명만 더 뒤로 보내면 조르게의 바로 뒤에 자리 잡을 수 있었다.

무리가 안정적으로 주행하게 되면 옆 사람과 가볍게 대화할 수 있을 정도로 체력적인 부담이 적어진다. 조르게가 몇 마디를 던지면 진희가 간간이 웃음을 보이며 달리고 있었다. 호철은 두 사람이 무슨 말을 주고받는지 몹시 궁금했다. 앞서 달리는 이들 중 한 명을 추월하고 막 조르게 옆으로 가려는 찰나였다. 별안간 한 회원이 주행 경로를 살짝 틀며 호철의 경로를 막았다. 호철이 요령껏 피하며 앞으로 나가려 하자 이번에는 브레이크를 잡아 멈칫하게 만들었다. 상당한 견제였다.

"아까는 미안했어요."

조금 전 호철과 마찰이 있었던 그 사내였다.

"자전거 좀 타셨나 봐요? 꽤 잘 타시네요."

호철은 그와 말을 섞을 기분이 아니었다. 그런데 그가 슬쩍슬쩍 속도를 줄이는 바람에 뒤에 있던 몇 명이 호철을 추월해 버렸다.

"아, 고맙습니다. 그쪽도 잘 타시네요."

호철의 답을 듣고도 사내는 쉬이 물러설 기미가 아니었다.

"오늘 처음 뵙는 분인데, 다른 동호회에서도 타셨나 봐요?"

"아니요. 혼자만 탔었는데 실력도 알아볼 겸 나와 봤습니다. 자, 그럼."

호철은 서둘러 대화를 마치고 앞으로 쭉 치고 나갔다. 그는 곧 조르게 바로 뒤에 자리를 잡았다. 하지만 이미 무리는 오르막에 진입한 후였다. 길고 긴 유명산 오르기가 시작된 것이다. 속도가 느려졌다. 힘이 드니 무슨 이야기를 할 수 있는 상황이 아니었다. 하나둘씩 상의 지퍼를 풀어헤치기 시작했다. 여기저기서 헉헉거리는 소리만 들렸고 사이클리스트들의 근육을 타고 흐르는 땀방울은 점점 더 굵어졌다.

유명산 길을 절반쯤 올랐을 때였다. 진희가 흐르기 시작했다. 잠시 후 조르게도 흘렀다. 곧 기욱도 흐르기 시작했는데, 좀 전까지 호철에게 붙어 있던 재수 없는 사내가 기욱을 따라 흘렀다. 호철은 속도를 줄였지만 기욱과의 간격은 계속 유지했다. 뒤를 돌아보니 그 사내가 기욱을 격려하듯이 뒤에서 등을 밀어 주고 있었다. 조르게와 진희에게 누군가 접근하는 것을 막는 품이 분명했다. 다시 한 번 뒤를 돌아보니, 조르게와 진희가 만나기 일보 직전이었다. 호철은 어떻게 해야 할지 잠시 망설였다. 그러다 갑자기 방향을 틀었다. 모두가 올라가고 있는데 내리막을 택한 것이다. 호철은 차체에 몸을 바싹 붙이고 고속으로 내려갔다. 사내는 당황하는 기색이 역력했다.

50미터, 100미터… 기욱의 모습이 지나갔다. 다시 50미터, 100미터, 150미터… 이번에는 무리의 후미에서 나란히 오르막을 오르는 진희와 조르게의 모습이 옆을 스쳤다. 그리고 그 순간 호철은 분명히 보았다. 진희가 조르게에게 비닐에 싸인 종이를 건네는 것을.

"사정이 있어서 먼저 갑니다. 즐겁게 타세요!"

호철이 큰 소리로 외쳤다. 멀리서 "예, 조심해서 가세요!"라고 외치는 진희의 목소리가 들렸다.

혼자가 된 호철은 재훈에게 전화를 걸었다.

"선배님, 재훈 선배님."

"그래 호철아, 벌써 돌아오니?"

"아니에요. 저만 먼저 돌아가요."

"왜?"

"방해자가 있어요. 조르게와 진희 씨 곁으로 가지 못하게 막는 사람이 있습니다. 자세한 건 돌아가서 설명드릴게요. 괜찮으시면 두물머리까지 와서 데려가 주세요."

"알았어. 세미원 주차장에서 보자."

"아 참, 선배님. 저 봤습니다."

"뭘?"

"조르게와 진희 씨 단둘이 있을 때 서류를 건네는 걸 봤어요. 뒷주머니에 들어갈 크기였으니 몇 번 접은 것 같아요. 선배님 생각이 맞는 것 같습니다. 자전거 모임은 둘이 만나는 접선 장소입니다. 누구도 의심하지 않을 테니까요. 조르게의 정체가 뭔지는 모르겠지만 진희 씨가 문서를 건넨 걸로 봐서는 포섭된 것이 분명합니다."

재훈이 침을 꿀꺽 삼켰다. 스파이를 찾아낸 것이다.

"그럼 이제 조르게의 정체는 어떻게 알아낼 생각이야?"

"분명히 출발지로 다시 돌아올 거예요. 거기서 진희 씨는 그냥 가게 두고 조르게의 뒤를 밟아서 거주지를 알아내야죠."

"오케이, 알았어. 지금 바로 출발할 테니까 너무 무리하지 말고 조심해서 와라. 알겠지?"

"네, 알겠습니다. 그럼 잠시 후에 뵐게요."

통화를 마친 호철은 자신을 방해한 남자의 정체에 대해 생각했다. 분명히 진희와 조르게를 보호하는 듯한 느낌이 들었다. 알 수 없는 승부욕이 불타올랐다. 그가 누구든 간에 정체를 밝혀내리라 다짐했다. 아니 꼭 밝혀내야만 했다.

충돌

"선배님, 보고 안 하실 거예요?"

"해야 하는데 아직 조르게 신원이 확실하게 파악되지 않았고 진희가 건네주었다는 문건 내용도 모르니까 좀 그렇다."

"이번 건은 인력도 많이 필요할 것 같은데, 보고를 하시고 지원을 받는 게 어떨까요?"

"조금만 더 알아보고 보고하자."

"나중에 팀장님이 아시면 무진장 화낼 겁니다. 전 몰라요. 선배님께서 책임지세요."

"파악되지도 않은 내용을 보고받으면 더 화내실지 몰라."

재훈과 호철은 주말 일을 두고 이야기를 나누었다. 재훈의 말은 어느 정도 일리가 있었다. 진희와 조르게가 모종의 일을 벌이고 있는 것은 분명했지만, 무엇인지 정확히 알 수 없었다. 분석 팀에서 일본 측이 우리 해양수산부의 내부 동향을 다시 포착하기 시작했다는 분석 결과를 전해 주었지만, 그것이 진희 때문인지는 알 수 없었다. 아직은 진희와 조르게 그리고 최근의 일들을 하나의 흐름으로 묶기엔 무리가 있었다.

"그나마 조르게 거주지라도 알게 돼서 다행이에요, 선배님."

"그러게. 선라이즈 레지던스라… 일본 대사관 근처에 있는 곳인가?"

"어어, 너무 앞서가지 마세요."

"그런가? 허허. 선라이즈 레지던스 708호. 여기 지배인에게 신원 사항을 제공해 달라고 부탁해야겠다."

"나 참, 선배님. 요즘 누가 국정원 요원한테 협조해 줍니까? 공문 가지고 가도 안 될 겁니다."

재훈은 깊은 한숨을 내쉬었다.

"외국 스파이를 잡겠다는데 왜들 그러는지 원……."

"우리나라 사람들 열에 아홉은 외국 스파이가 있다고 하면 웃을 겁니다. 모르니까요. 게다가 만날 미국, 일본, 중국, 러시아 욕하다가도 막상 그 나라 사람들 직접 만나면 어떻게든 친해져 보려고 이 얘기 저 얘기 다 해 주고 자료 달라면 턱턱 쉽게들 내주는 판이잖아요. 외국인 알고 지내는 게 무슨 대단한 스펙이라도 되는 양 생각들 하는데, 스파이 잡는다고 하면 잘도 협조해 주겠네요."

"그렇다고 포기할 순 없잖아?"

"어떻게든 방법을 찾아봐야죠. 일단 이번 주말에 제가 또 한 번 붙어 볼게요. 이번에는 사진을 찍어 오겠습니다."

"그러면 좋지. 그런데 자전거 타면서 어떻게 사진을 찍나?"

"요즘은 동호회에서 사진이랑 동영상 찍는 활동이 활발해져서 헬멧에 부착할 수 있는 카메라가 많이 나와요. 그런 사진은 막 찍어도 의심도 안 하고요."

"와, 세상 많이 바뀌었네."

"뭘 그 정도 가지고요. 일단 일주일 동안 조르게 동향 좀 보고 주말에 다시 동호회에 나가서 살펴보는 걸로 하죠."

"그래, 그러자."

재훈과 호철은 조르게의 움직임 하나하나에 촉각을 곤두세웠다. 조르게와 진희의 통화는 계속되었지만, 늘 그렇듯이 중요한 애기를 할 순간이 되면 휴대 전화로 통화하자며 끊는 통에 도무지 무슨 꿍꿍인지 알아내기가 영 만만치 않았다. 조르게는 숙소에 처박혀 움직일 생각조차 안 하는 듯했다. 숙소를 나서더라도 한국 사람들과 개별적으로 만나기보다는 서울 시내에서 열리는 온갖 종류의 학회에 참석하는 것이 전부였다. 특이한 점은 없었다. 그는 완벽하게 평범해 보였다. 하긴 진정한 스파이야말로 가장 평범한 사람들 가운데 섞여 있는 법이지만.

금요일이었다. 조르게는 진희와 동호회에 나올 것인지를 상의하는 전화 한 통을 한 후 느긋하게 브런치를 즐기고 있었다. 어느덧 유월이 되었고, 성미 급한 젊은이들은 벌써부터 반팔을 입고 거리로 나와 젊음을 과시하고 다녔다.

"아, 오늘도 허탕인가 봐요. 선배님."

"아직 몰라."

"이렇게 날도 좋은데 일주일 내내 좁은 차 안에 앉아서 한 놈만 바라보고 있으려니 답답합니다."

"스파이 잡으려면 다 참아 내야지 어쩌겠냐. 그나저나 너 옆 사무실 요원이랑 무슨 일 있었어?"

"입사 2년 만에 필드 배치됐다가 내근으로 변경된 녀석 말이죠?"

"그래."

"저번에 그쪽 사무실하고 합동으로 중국 스파이 감시 나갔었거든요. 그 녀석은 두 번째 감시라고 하더라고요."

"그런데?"

"그 어리바리한 녀석이 대상자 사진을 어찌나 많이 봤던지 말입니다."

"많이 봐서?"

"미행하다가 대상자와 눈이 딱 마주쳤는데……."

"그런데?"

"모른 척 지나치면 될 걸 글쎄 '안녕하세요?'라고 인사를 했다는 거 아닙니까? 자기도 모르게 친한 사람 만난 것 같은 기분이 들어서 그랬다나 뭐라나, 내 참."

"해마다 하나씩 나온다는 인사 증후군의 주인공이 바로 옆 사무실에서 탄생했구먼. 하하."

"그러게 말이에요. 그래서 제가 상부에 보고하고 내근으로 돌려 버렸는데 그때부터 저만 보면 인상을 긁어요."

"그러면서 크는 거지 뭐. 잘 가르쳐 줘라."

"그럼요. 그런데 선배님, 아, 배야. 저 급히 화장실 좀⋯⋯."

호철이 급작스레 복통을 호소하더니 황급히 휴지를 찾아 건물 안으로 뛰어 들어갔다. 뻗치기를 한다고 일주일 내내 빵과 패스트푸드만 먹더니 탈이 난 모양이었다. 종종 있는 일이라 재훈은 호철이 엉덩이를 움켜쥐고 뛰어가는 모습을 보며 피식하고 웃었다. 하지만 그의 표정이 굳기까지는 그리 오랜 시간이 걸리지 않았다. 호철이 건물로 들어가고 얼마 지나지 않아 조르게가 나타났기 때문이다. 재훈은 차에서 내려 그의 뒤를 밟았다. 호철이 있으면 좋을 텐데 아쉬웠다. 혼자서는 노출되기 쉬웠다.

"호철아. 조르게가 움직이기 시작했다."

"이런. 선배님, 일단 따라가고 계세요. 끊고 갈게요. 이거 징크스에요. 꼭 화장실만 오면 나타난다니까요."

재훈은 호철에게 급히 연락을 하고 평소와는 달리 먼 거리에서 따라갔다. 먼발치에서 보니 그는 건널목을 건널 때도, 모퉁이를 돌 때도 늘 뒤를 살폈다. 가까운 거리에 있었다면 재훈의 존재를 알아챘을 것이다. 도로를 걷는 조르게의 모습은 영락없는 스파이였다. 훈련받은 자들끼리만 느낄 수 있는 긴장된 산책이 이어졌다.

보통 사람들의 눈에 조르게는 아무렇지 않게 종로를 돌아다니는 것처럼 보였겠지만 재훈에게는 그렇지 않았다. 그는 자연스럽게 옷 가게로 들어가서 거울 앞에 한참을 서 있기도 했고, 모퉁이를 돌 때는 무언가를 메모한 종이도 떨어뜨렸다. 마치 생각 없는 고기가 미끼를 물기를 바라는 듯한 행동이었다. 분명히 뒤를 살피고 있었다. 재훈은 조르게의 목적지가 근처이고 약속 시간은 삼십 분쯤 후일 거라고 예측했다. 아니나 다를까, 예상대로 한참을 무의미하게 돌아다니던 조르게는 시계를 슬쩍 보더니 발걸음을 돌렸다. 아마 자신을 감시하는 사람이 없다고 확신한 모양이었다. 걸음은 빨라졌고 더는 주변을 살피지도 않았다. 그리고 잠시 후 그는 누군가의 인사에 답하며 무겁게 닫혀 있던 한 건물의 문을 통과했다.

"선배님, 어디 계세요?"

"……"

"선배님?"

"어… 호철아."

"어디시냐고요? GPS 발신기는 왜 꺼 놓은 거예요? 어떻게 선배님을 찾으라고요."

"그랬나? 깜박했다."

"위치 좀 알려 주세요."

"여기, 일본 대사관 앞이야."

"조르게가 그 근처에 있나 보죠?"

"아니. 안에 있어. 일본 대사관 안에."

"네? 대사관으로 들어갔어요?"

"응."

재훈과 호철은 자욱했던 안개가 조금 걷힌 느낌을 받았다. 내일 진희가 조르게에게 또다시 문건을 건넨다면 이 안개는 더욱 옅어질 거라고 생각했다. 허겁지겁 뛰어온 호철은 말수가 없어진 재훈을 바라보았다. 재훈의 눈빛이 한층 무거워졌다. 반드시 스파이를 잡아내겠다는 무언의 선언이었다. 호철은 매번 이 눈빛으로 재훈의 결연한 다짐을 읽어 낼 수 있었다. 호철의 눈빛 역시 무거워졌다.

유월의 첫 주말, 자전거 동호회 모임에 참여하기 위해 올림픽 공원으로 이동하는 호철에게는 일종의 사명감, 정확히 말하자면 어떤 오기 같은 것이 서려 있었다. 재훈이 걱정스레 할 수 있겠냐고 물었을 때 호철은 주저하지 않고 당연하다고 대답했다. 아주 중요한 날이었다. 조국을 배신한 진희와 스파이 활동을 하는 조르게의 모습을 카메라로 잡아내야 하는 날이었다.

"저번엔 왜 갑자기 가셨어요?"

"아, 집에 일이 있는 걸 깜빡했어요."

"그랬구나. 저 때문에 그냥 가신 줄 알았잖아요!"

지난주 호철에게 위협을 주었던 사내가 말을 걸었다. 호철은 사내의 관심이나 급작스럽게 변한 태도가 영 달갑지 않았다. 인터넷 동호회가 보통 그렇듯이 이 모임 역시 주축으로 활동하지 않는 이상 서로에 대해 별다른 관심을 가지지 않는 분위기인데, 굳이 자신에게 주의를 기울이는 듯한 모습이 불편했다. 게다가 오늘은 기욱의 모습이 보이지 않아 불안하기도 했다.

'뭐지? 오늘은 진희와 조르게가 안 나오나? 분명히 나온다는 댓글을 남겼던 것 같은데……'

호철은 두리번거렸다. 이렇게 허탕 치기는 싫었다. 감시 대상이 없는 무리를 따라 주말을 보내는 것은 무의미했다. 호철의 마음이 점점 더 타 들어가기 시작했다. 그는 헤어진 연인이라도 찾는 양 조르게와 진희의 모습을 계속해서 찾았다. 다행히 그때 조르게의 모습이 눈에 들어왔고, 출발할 때가 다 되어서 진희도 급히 나타났다.

"어머, 죄송해요. 좀 늦었죠?"

진희가 리더에게 인사를 했다. 다들 괜찮다며 괜한 수선을 피웠고 진희는 특유의 까르르하는 웃음으로 미안함을 대신했

다. 조르게가 진희에게 다가가 말을 건넸다. 호철은 그들을 등
진 위치였지만 두 귀는 그들과 함께 있었다.

"친구가 갑자기 오늘 안 나온다고 그러는 거예요. 설득하느
리 한참 걸렸네요."

"기욱 씨요?"

"네, 결국 혼자 왔지 뭐예요. 휴."

진희가 뭔가 더 말하려는 순간, 리더가 소리쳤다.

"자, 출발합니다!"

그 말 한마디에 잘 훈련된 군대처럼 모든 대화가 중단되고
주행이 시작되었다. 노상 그렇듯이 조르게와 진희는 나란히 달
렸다. 꼴 보기 싫은 사내는 진희 뒤에 자리를 잡고 그녀의 뒤태
를 연신 훔쳐보는 듯했다. 오늘도 그들은 무리의 중앙에서 달
리며 힘을 아끼고 있었다. 선두에서 여럿이 바람을 막아 주고
좌우에도 사람이 있어, 중앙에서 자전거를 타는 그들은 마치
진공 상태에서 움직이는 것처럼 거의 힘이 들지 않을 터였다.
속도가 빨라질수록 주위 사람들이 공기를 갈가리 찢어 버려 바
람의 벽이란 전혀 느낄 수 없게 되는 것이다.

호철은 그런 그들이 이기적이기보다는 영리하다고 생각했
다. 저렇게 힘을 아끼고 아끼다가 순식간에 뛰쳐나갈 것이다.
후미에서 타는 사람들은 전방에 이미 많은 사람이 있어 뛰쳐나
가지 못할 것이고, 앞에서 무리를 끌고 있는 선두는 힘이 없을

테니까.

여느 때처럼 무리는 차가 없는 외곽까지는 여유롭게 달렸다. 야트막한 언덕 정도는 속도의 변화 없이 힘으로 돌파해 냈다. 일정하게 안정적인 속도가 유지되었다. 그렇지만 그런 평화는 전체 주행 시간 중 반드시 필요한 워밍업 같은 것이었다. 차량의 흐름이 뜸해진 외곽으로 진입하자마자 무리는 본격적으로 속도를 높이기 시작했다.

호철의 긴장감도 조금씩 높아지고 있었다. 무리는 제법 프로 흉내를 냈다. 시속 35킬로미터를 넘긴 지는 이미 오래였다. 속도는 시간의 흐름과 보조를 맞추기라도 하듯 점점더 빨라졌다. 땀이 맺혀 흐르기 시작했다. 유월의 이른 더위 때문인지, 아니면 이 거대한 무리가 열기를 뿜어내며 벌이는 신경전 때문인지 구분하기 어려웠다. 호철의 몸을 부드럽게 어루만지던 바람은 어느새 그의 얼굴을 할퀴며 지나가고 있었다. 마치 풍동 실험을 하는 것 같았다. 바람이 좌우로 갈라지는 것이 눈에 보이는 듯했다. 호철은 자신의 뺨을 스치는 바람을 잡을 수 있을지도 모른다는 생각을 했다. 주위의 소리는 아무것도 들리지 않았다. 시야가 점점 좁아지고 있었다.

리더가 속도를 올리는 것을 보니 조만간 오픈 구간이 시작될 것 같았다. 곧 진희와 조르게가 뛰쳐나갈 것이다. 아니나 다를까, 둘은 다시 슬금슬금 리더의 뒤로 자리를 옮기기 시작했다.

만약 실제 자전거 경기였다면 절대 양보받을 수 없는 자리였다. 미친 듯이 달리며 앞을 막아 주는 헌신적인 라이더 뒤에 숨어서 미사일을 장전하듯 몸을 웅크리고 힘을 아끼다가 결승선이 다가오면 뛰쳐나가는 것이다. 이제 호철도 앞으로 나가야했다. 다행히 그 꼴 보기 싫은 사내는 무리의 중간보다 약간 앞에 위치해 있었다. 조금이라도 빨리 조르게 뒤로 가야 했다. 호철은 한 명 한 명 제치며 앞으로 나아갔다. 그 사내가 말을 걸기전까지는.

"이봐. 앞으로 가기 힘들 거야."

"뭐라고요?"

"무슨 꿍꿍인지 모르겠지만 편하게 타는 게 어때?"

호철은 그를 쳐다보았다. 검은 고글을 쓴 탓에 움찔하는 입꼬리만 눈에 들어왔다. 그것만으로도 충분히 음흉한 느낌이들었다. 호철이 사내를 무시하고 앞으로 향하자 그도 그만큼앞으로 이동했다. 뛰쳐나가려는 것인지 견제하기 위한 것인지는 알 수 없었다. 조르게와 호철 사이에는 이제 두 사람 정도만남아 있었다. 속도가 42킬로미터를 찍는 순간, 오픈되었다. 조르게와 진희가 거의 동시에 리더를 추월하며 앞으로 뻗어 나갔다.

호철 역시 과감히 앞사람의 왼편 공간을 비집고 들어가 그들을 추격하기 시작했다. 속도가 점점 빨라졌다. 허벅지가 터질 것 같았다. 길어야 일 분이다. 일 분을 버티면 오 분 이상의 거리를 낼 수 있다. 그리고 오 분이면 우리나라 지형에서는 앞사람이 보이지 않을 것이다.

뒤에서 출발한 호철이 그들을 따라잡기 위해 혼신의 힘을 쏟아붓고 있을 때였다. 호철은 누군가 자신과 나란히 달리고 있음을 느꼈다. 슬쩍 바라볼 시간이나 여유는 없었지만 본능적으로 그 사내임을 감지할 수 있었다.

모퉁이를 도는 순간에도 사내는 호철과 어깨가 닿을 만큼 바싹 붙어 있었다. 이제 이십 초 정도만 더 따라가면 조르게와 진희는 아무것도 할 수 없을 것이다. 운이 좋다면 또 무언가를 건네겠지만 그 장면은 호철의 카메라에 찍힐 것이다. 이 추격은 아주 중요했다. 호철이 고개를 들었다. 풍경이 긴 선처럼 지나갔다. 그리고 이제 십 초만 더 버티면 된다고 생각한 순간, 호철은 어깨에 닿은 사내의 몸을 느꼈다.

'어, 어… 왜 이러지? 왜 하늘이 보이지? 일어나야 해……. 이 사람들은 왜 내 주위에…….'

호철은 입가에 비릿한 액체를 느꼈다. 간신히 손을 들어 만져 보았다. 피였다. 사람들이 그를 둘러싸고 웅성대고 있었다. 더는 몸을 움직일 수가 없었다. 유월의 푸른 하늘이 이내 까매졌다.

"너, 이재훈. 미친 거 아냐?"

"죄송합니다. 팀장님."

"죄송하다면 될 문제야? 보고도 안 하고 무슨 방첩 활동을 한다고 지랄이야, 지랄이!"

"이렇게 될 줄 몰랐습니다."

"너, 호철이 죽었으면 어쩔 뻔 했어? 이 자식아. 방금 전에야 정신이 돌아왔다는데 그 새파란 놈 잘못되면 네가 책임질 거야? 당장 그 망할 놈의 방첩 활동 때려치워!"

"하지만 조르게는 확실히⋯⋯."

"확실은 무슨 확실이야? 그놈 본명도 제대로 모른다면서!"

"죄송합니다. 하루만 더 시간을 주시면 반드시 알아내겠습니다."

재훈은 통보라도 하듯 마지막 말을 남기고는 사무실을 나섰다. 팀장이 "너 거기 안 서?"라고 소리쳤지만 재훈은 신경 쓰지 않았다. 지금 이 순간 그를 지배하고 있는 것은 조르게와 진희에 대한 적개심이었다.

재훈은 호철의 사고가 실수로 일어난 일이 아니라고 확신했다. 지난번 호철과 신경전을 펼쳤다는 그 사내가 의심스러웠다. 하지만 모퉁이를 돌고 나서 벌어진 일이라 사고 장면을 정확히 목격한 회원은 없다고 했다. 그리고 그 문제의 사내는 사고 직후 감쪽같이 자취를 감추었다.

재훈은 무작정 선라이즈 레지던스로 달려갔다. 건물로 들어선 그는 프런트로 성큼성큼 다가가 직원에게 말을 걸었다.

"안녕하세요? 로버트 브라운 씨를 만나기로 했는데 혹시 지금 계신지 알 수 있나요? 전화를 안 받으시네요."

"로버트 브라운 씨요?"

프런트 직원이 물었다.

"예, 브라운 씨 말입니다. 여기 머물고 계신다고 했는데요."

직원은 투숙객 리스트를 살피더니 고개를 갸우뚱하며 그런 분은 안 계시다고 대답했다. 재훈은 조르게의 사진을 그의 코앞까지 들이밀었다. 대담한 행동이었다.

"제 VIP 고객이십니다. 오늘 봐야 하는데요. 이런 분 정말 안 계세요?"

"아, 미우라 고로 씨 말씀이시군요."

사진을 들여다보던 직원이 저도 모르게 대답을 하고는 멈칫했다.

"아차, 투숙객 성함은 말씀드리면 안 되는데……. 지금 계신지 확인해 보겠습니다. 잠시만 기다려 주세요."

당황한 직원은 이것저것 확인을 하고 난 후 고개를 들었다. 하지만 그 자리에 재훈은 없었다.

'미우라 고로라고 했어. 분명히 들었어.'

재훈이 급히 움직였다. 당장 호철의 병실을 찾아 알려 주고 싶었다.

하지만 호철은 조르게를 전혀 기억하지 못했다. 의사는 단발성 단기 기억 상실증이라면서 사고의 충격 때문이라고 했다. 특정 기억만 지워진 거라서 큰 문제는 없을 것이며 안정이 되면 기억이 돌아올 수도 있다고 했다. 재훈은 '미우라 고로다. 조르게의 진짜 이름 말이야'라고 알려 주고 싶은 마음이 굴뚝같았지만 당분간 절대 안정을 취해야 한다는 의사의 말이 머릿속을 맴돌아 아무 말도 하지 못했다. 한참을 병실에 머물다 발길을 돌리는 재훈의 눈가에 뜨거운 눈물이 맺혔다. 이 모든 게 자기 탓인 것 같았다.

재훈이 막 병실을 나섰을 때였다. 복도 맞은편에서 진희와 기욱이 걸어오는 모습이 보였다.

"재훈이 형!"

"어머, 오빠. 잘 지내셨어요? 오래간만이네요."

어느새 둘은 다시 붙어 다니고 있었다.

"어, 기욱아, 진희야. 오랜만이다. 그런데 여긴 어쩐 일로?"

"주말에 우리 동호회 회원분이 크게 사고가 났다고 해서 문병 왔어요. 형 알죠? 나랑 진희랑 자전거 타잖아요. 진희 애가 치고 나가는데 그분이 따라오다가 사고가 나서 마음이 많이 불편하다고 해서 같이 온 거예요. 그나저나 형은 무슨 일로 병원에……."

"음, 나도 그냥 아는 사람 문병 왔다 가는 길이야."

재훈은 당장이라도 진희의 멱살을 잡고 사실을 이야기하라고 소리치고 싶었다. 자신을 보고 반갑다며 웃는 진희의 모습이 너무나도 역겨웠다.

"그래, 진희 너는 안 다쳤니?"

"네. 다행히 전 안 다쳤는데 그분이 워낙 크게 낙차하셔서 ……. 그분과 엉켜 넘어진 다른 회원은 무슨 사연인지 완전히 잠수 모드고 리더는 자기는 책임 없다고 발뺌하고, 동호회 분위기가 진짜 험악해졌어요."

"그렇구나."

"그날 난리도 아니었어요. 다른 회원에게 연락이 와서 라이딩 중에 큰 사고가 있었다고 하는데, 진희 얘는 계속 전화를 안받고. 백 번은 전화했던 것 같아."

"백 번은 무슨 백 번? 너 설득하느라 전화기 붙잡고 있다가 부랴부랴 시간 맞춰 나가느라 깜빡 놓고 나온 건데 계속 타박줄 거야? 뭐 내 애인이라도 되니?"

"무슨 말을 그렇게 하냐? 걱정돼서 그러는데."

"아, 그러세요. 그래서 오늘 이 최신 스마트폰 사 준 거야? 네 전화 잘 받으라고? 어쨌거나 사 줬으니 잘 쓰마. 너 이거 가지고 생색내기 없기다!"

"알았어."

"그리고 또 하나. 너 아까 커피 마실 때 보니까 나는 안 보고 계속 네 스마트폰만 만지작거리던데 그런 행동은 아무리 좋은 전화기 사 줬어도 경고감이야, 경고!"

"넌 선물을 받고도 그러냐? 네 전화기 내 거보다 훨씬 디 좋은 거야. 봐봐!"

진희는 기욱이 내미는 전화기를 힐끔 보고 돌려주었다가 얼른 다시 낚아챘다.

"왜 이래? 내놔."

"야, 너 이거 뭐야?"

진희는 기욱의 스마트폰에 달려 있는 삐삐줄을 손가락으로 집으며 물었다.

"이거 혹시 대학 다닐 때 내가 준 그거야? 그걸 아직도 갖고 다녀? 너도 참 대단하다. 그게 뭐 사랑의 징표라도 되나?"

"무슨 소리야? 그냥 버리기도 뭣하고 해서 갖고 있는 것뿐이야."

"아, 그러셔. 좋아하는 여자가 준 물건이라 못 버리는 게 아니고?"

"웃기시네. 좋아하긴 누가 누굴 좋아해?"

"어라? 그럼 나 안 좋아해? 섭섭하네. 난 너 좋아하는데. 그렇게 아무 의미 없는 거면 도로 나 줘. 내가 달고 다니게. 골동품 같아서 보기 좋네."

"싫어. 줬다 뺏는 게 어디 있어."

"그러지 말고 나 줘라. 응?"

"에이 참, 싫다니까. 그 최신 스마트폰엔 어울리지도 않아."

"내놔. 별것도 아닌데."

재훈은 애들처럼 티격태격하는 둘을 앞에 두고 더는 서 있을 힘도 의지도 없었다. 더군다나 진희가 앞에 있지 않은가? 한시라도 빨리 이 자리를 벗어나고 싶었다.

"저기, 내가 좀 바쁜 일이 있어서 먼저 가 볼게. 다음에 보자."

"어, 그래요 형. 언제 밥이나 같이 먹어요. 이번 주 금요일에 시간 괜찮아요? 진희 넌 어때?"

"네, 오빠. 오랜만에 식사 같이 해요. 제가 그날 오후에 휴가 내고 올라올게요."

"형, 그렇게 해요. 얘네 세종시로 이전했잖아요. 그런데도 휴가까지 내고 온다는데 시간 좀 내요."

둘은 또 어린애들처럼 재훈을 졸라 댔다.

재훈은 마지못해 그러마고 답하고 돌아섰다. 차를 몰고 사무실로 돌아오는 내내 그는 자신이 너무 바보 같다고 자책했다. 형제처럼 함께하던 후배가 중상을 입었는데 스파이 혐의자와 식사 약속이나 잡다니, 한심하기 이를 데 없었다.

그런 탓이었을까? 재훈의 꽉 막힌 가슴처럼 오늘따라 서울의 대로들도 한층 더 막히는 것 같았다. 가끔씩 들려오는 경적 소리가 칠판을 손톱으로 긁어 대는 듯 몹시 거슬렸다. 그런데 가뜩이나 신경이 곤두선 그 앞에 매너 없는 차 한 대가 끼어들었다. 재훈은 신경질적으로 경적을 울렸다. 그러자 끼어든 차가 비상등을 켜며 미안하다는 표시를 했다.

'닛산 차야? 이런 망할……. 닛산이라, 뭐 일본 차가 좋긴 하지. 일본, 그래 일본… 아, 미우라 뭐였더라……. 맞아, 고로. 미우라 고로였지.'

그제야 재훈은 다시 정신을 다잡았다. 방첩관들이 빠져서는 안 되는 격한 감정의 골에서 비로소 헤어날 수 있었다.

'차가운 머리를 가져야 한다. 차가운 머리를……. 미우라 고로, 네가 이기나 내가 이기나 한번 해 보자.'

추격

"미우라 고로입니다. 히로시마 대학 교수라고 합니다."

"그래서 어쨌단 거야? 잔말 말고 그만둬!"

"이름도 알고 신분을 속이고 있다는 사실도 밝혀냈습니다. 거기다 일본 대사관을 출입하는 사실까지 알아냈는데 왜 그만두라고 하십니까?"

"이 사람이 스파이 활동을 했다는 증거라도 있어?"

"호철이가 봤습니다."

"그걸 말이라고 해? 그 녀석이 봤으니 나더러 믿으라는 거야? 사진 한 장 없이?"

재훈은 팀장의 태도를 이해할 수 없었다. 아무리 강변해 보아도 그만두라는 말만 되돌아올 뿐이었다. 평소의 팀장이라면 먼저 아이디어를 제시해 가면서 방첩 활동을 독려했을 것이다.

재훈은 분석 팀이 제공해 준 보고서를 팀장의 책상에 던지듯 올려놓았다.

"너, 뭐하는 짓이야?"

"이거 읽어 보시고 그만둬라 마라 말씀하세요. 분석 팀 보고서입니다. 미우라 고로, 그러니까 조르게는 제 대학 후배이자 해양수산부 사무관인 박진희와 매주 토요일 자전거를 함께 타면서 기밀을 전달받고 있었습니다. 그리고 일본 대사관은 매주 월요일에 우리 해양수산부 관련 내용을 본국에 보고했고요. 이래도 증거가 없다는 말씀입니까? 전 그만 못 두겠습니다."

"그 정도 갖고 진희라는 여자가 기밀을 유출했다는 증거가 된다고 생각해? 확증이 없잖아! 이번 건은 절대로 승인할 수 없어. 내 부하 직원이 다쳐서 국장님께 얼마나 깨지고 온 줄 알아?"

"팀장님, 확증을 잡아야 하니까 계속 추진하겠다는 거 아닙니까!"

"시끄러워! 당장 손 떼!"

재훈은 주먹을 불끈 쥐었다. 그는 팀장과 한참이나 눈싸움을 하고는 아무 말도 없이 뒤돌아섰다. 일종의 반항 같은 것이었다.

"너 이 자식."

"그만둘지 말지 생각해 보고 올 겁니다."

재훈은 반항기 가득한 목소리로 대답을 하고서 사무실로 돌아왔다. 누구도 감히 재훈에게 말을 걸지 못했다. 한동안 씩씩거리며 자리에 앉아 있던 재훈은 책상을 부서져라 내려치고는 방을 나가 버렸다. 불타는 금요일이었다. 끓어오르는 분노가 불타는 금요일이었다.

"형, 술 좀 천천히 먹자."

"야, 진희 이 녀석은 언제 오나?"

"아까부터 왜 자꾸 진희만 찾아? 뭐 할 말이라도 있어요?"

"아니다. 무슨 할 말이 있겠냐? 술이나 마시자."

"오늘은 평소랑 좀 다르네, 형."

"그래?"

재훈은 쓴웃음을 짓고는 또 폭탄주를 만들었다. 그러고는 기욱에게 한 잔을 건네고 숨 쉴 틈도 없이 한 번에 들이마셨다. 그러더니 안주도 먹지 않고 폭탄주를 또 한 잔 만들어 기욱에게 건넸다. 그렇게 한 잔 또 한 잔이 돌아 열 잔이 되었다. 반일 휴가를 내고 온다던 진희는 사정이 생겨서 휴가를 내지 못했다며 일을 마치자마자 오겠다고 했다. 진희가 도착했을 때 기욱과 재훈은 이미 거나하게 취해 있었고 기욱은 화장실에서 진작에 토악질을 하고 난 후였다. 진희는 도착하자마자 특유의 애교로 늦었다는 사과를 대신했다. 이미 눈이 반쯤 풀린 기욱이 진희의 자리를 정돈하려다가 중심을 잃고 넘어질 뻔했다. 재훈은 진희가 앉자마자 늦게 온 벌이라며 술잔을 건넸다. 눈빛이 매서웠다. 진희는 목이 말랐던 차에 잘됐다면서 재훈이 건네준 폭탄주를 벌컥벌컥 잘도 들이켰다.

"아, 기욱이 너! 내가 그거 하지 말하고 했지? 내 앞에서 스마트폰 만지작거리지 말라고 했는데 내가 오자마자 뭐하는 짓이야?"

"좀 봐 주라. 검색할 게 있어서 그래."

기욱이 혀 꼬인 소리로 말했다.

"이 새끼가, 아까까지 형 말 잘 듣더니 갑자기 전화기를 만지고 지랄이야."

하지만 기욱은 진희의 타박과 술에 취한 재훈의 욕설에도 아랑곳하지 않고 한참 동안이나 스마트폰을 만지작거렸다.

"인마. 그러니까 네가 여자 친구가 없지. 매너 없이 뭐하는 짓이야. 바보 같은 자식……."

"그렇지, 오빠? 얘 지난주부터 이런다."

"알았어, 알았다고. 그만하면 되잖아."

"너 진짜 경고야."

"아, 알았다니까. 참, 너, 이제 내 삐삐줄 돌려주라."

"뭐? 이게 왜 네 거야?"

"네가 나한테 선물했잖아. 그러니까 내 꺼 그만 돌려줘."

"에이, 몰라. 내가 달았으니까 내 꺼 할래."

기욱은 진희를 더 졸라 대지 못하고 전화기를 탁자에 올려놓고는 한숨을 내쉬었다. 셋은 또다시 폭탄주를 높이 들고 건배를 했다. 두 남자가 제법 취한 터라 맛있게 익어 가는 고기는 진희만 몇 점 들었을 뿐이었다. 기욱은 술주정을 안주 삼아 해롱거리며 술을 들이켰고 재훈은 연신 진희를 매섭게 노려보며 잔을 비웠다. 그렇게 얼마간의 시간이 흐른 후, 기욱은 탁자에 고개를 푹 처박더니 몸을 힘없이 좌우로 흔들었다. 완전히 취해 버린 것이었다.

"오빠, 기욱이 보내야겠어요. 너무 취했네요. 오빠도 많이 취한 것 같은데…… 무슨 술을 이렇게 많이 마셨어요? 그만 가요."

"어… 그래. 참, 너 애인 있지?"

아주 잠깐, 진희는 생뚱맞다는 표정으로 재훈을 바라보고는 까르르르 하고 웃었다.

"왜요? 없으면 소개해 주게요? 애인, 없어요."

"거짓말, 너 거짓말이야."

"거짓말은……. 내가 왜 그런 걸 거짓말해요? 어서 가요. 오빠."

진희는 재훈이 술주정을 한다고 생각했다. 그래서 재훈에게 달래듯 말을 하며 기욱을 일으켜 세웠다. 기욱이 심하게 휘청거렸다. 술집 밖으로 나온 셋은 말없이 대로변을 향해 걸었다.

기욱이 욱욱 하면서 토악질을 하려 하자 진희는 기욱의 몸을 감싸고 등을 두들겨 주었다. 진희는 걱정스러운 표정으로 기욱을 보며 몇 번이고 괜찮은지 물었다. 그럴 때마다 기욱은 바보처럼 배시시 웃으며 "헤헤, 당연하지"라고 대답했다. 진희는 기욱의 팔을 꼭 끼고 제대로 걸을 수 있게 도와주었다. 하지만 평소와 달리 택시를 잡아 뒷자리에 기욱을 태우더니 기사에게 잘 부탁한다는 말만 건넸다. 집까지 바래다주지 않을 모양이었다.

"너, 오늘은 기욱이 안 바래다주냐?"

"그러고 싶은데, 좀 힘들겠어요."

"왜? 나랑 한잔 더 하게?"

"아뇨, 오빠. 갑자기 가 봐야 할 곳이 생겨서요."

재훈은 순간 취기가 확 달아나는 것 같았다. 기욱을 먼저 보내고 어디로 가려는 걸까? 조르게 만나러 가냐는 말이 목구멍까지 올라왔지만 꾹 참았다.

"그래? 그럼 가라."

진희가 고맙다고 인사를 하고는 택시를 타고 출발했다. 서두르는 기색이었다. 재훈은 불현듯 진희를 따라가야겠다고 마음먹었다. 조르게의 동향은 살피고 있었지만 정작 진희의 움직임을 추적해 본 적은 없었다.

"어디로 모실까요, 손님?"

"저기 앞에 말이요. 저 택시 좀 따라갑시다."

"아, 예… 그러지요."

택시 기사가 옆자리에 앉은 재훈을 슬쩍 쳐다보았다. 진희가 탄 택시는 그녀가 사는 동네와는 전혀 다른 방향으로 달리고 있었다. 불야성을 이룬 금요일 밤 강남대로는 심하게 붐볐고, 가다 서다를 몇 번이나 반복해야 했다. 혼잡한 도로라 끼어드는 차가 많았지만, 노련한 기사를 만난 덕에 재훈의 시야에서 진희의 택시가 사라진 적은 없었다. 그렇게 한참을 달리던 택시는 신사동에 도착할 즈음 길옆으로 이동하며 속도를 줄였다.

재훈이 탄 택시도 속도를 줄였다. 재훈은 너무 바싹 붙지 말라고 기사에게 이야기하고는 시트 깊이 몸을 파묻었다. 진희가 탄 택시는 사람 걸음걸이와 비슷한 속도가 될 정도까지 서행했다. 잠시 후 택시 옆으로 검은색 차량 한 대가 접근했다. 유리창이 열렸다. 그러더니 진희가 탄 택시를 향해 누군가가 뭔가를 획 던졌다. 진희를 태운 택시는 곧 다시 속도를 높이기 시작했다. 택시 기사가 진희가 탄 차를 따라가려 하자 재훈이 거의 반사적으로 외쳤다.

"아니요. 저 검은색 차를 쫓아갑시다."

택시 기사가 살짝 구시렁거렸다. 그러자 재훈은 오만 원짜리 지폐 두어 장을 건네며 이거면 되겠냐고 했다. 기사는 한층 높아진 톤으로 제대로 쫓아 보겠다고 했다.

그런데 정체불명의 검은색 승용차의 움직임이 심상치 않았다. 고속 주행과 서행을 반복했다. 재훈의 택시도 덩달아 그럴 수밖에 없었고, 그 과정에서 미행을 들킨 것 같았다. 분명한 역 감시였다. 프로의 냄새가 났다. 재훈은 술을 많이 마신 걸 후회 했지만 이미 이쩔 수 없는 일이었다. 징신을 바싹 차리아 했다.

"아, 저 차 운전 참 더럽게 하네. 슬슬 오기가 생기는구먼. 허 헛."

택시 기사는 어금니를 꽈악 깨물며 말했다. 검은색 차는 올 림픽대로를 타고 동쪽으로 달리다가 잠실대교를 건너 강북으 로 향했다. 그러고는 곧 다시 강변북로를 타고 서쪽으로 달리 기 시작했다. 잠시 후엔 한남대교를 건널 요량인지 한남동 방 면으로 진입했다. 미칠 노릇이었다.

일차선에서 신호 대기하고 있던 검은색 차가 갑자기 우회전 하여 골목으로 진입했다. 재훈이 탄 택시도 쫓아 들어갔다. 신 호가 금방 바뀐 터라 이차선과 삼차선에 있던 차들이 엄청나게 경적을 울려 댔다. 의도적인 움직임이었다. 계속 신호 대기를 하다가 신호가 바뀌기 직전에야 말도 안 되는 차선 변경을 한 것은 다분히 의도된 주행이었다.

차는 순천향병원 앞을 지나 이태원 방면으로 향했다. 이 길 은 단 한 번의 교통 신호만으로도 미행을 붙은 차를 떨궈 버릴 수 있는 곳이었다. 하지만 재훈의 택시는 그 차를 놓치지 않았 다. 곧 이태원으로 들어섰다. 차들로 꽉 막힌 이태원대로는 너무나 혼란스러웠다. 재훈은 토할 것만 같았다. 앞 차는 분명히 누군가가 자신을 쫓고 있다는 사실을 알고 있었다.

'누굴까? 조르게? 아니야, 조르게의 차가 아니야. 누구지?'

재훈은 무방비로 그 차를 쫓고 있었다. 노출이 되었음을 인지하면 포기하는 것이 정석이지만, 술에 취한 재훈의 판단력은 흐려져 있었다.

"손님, 앞 차가 이차선으로 나온 것 보니까 남산2호 터널로 갈 것 같은데 골목길로 앞질러 볼까요?"

"아니요, 그냥 따라갑시다. 삼각지로 갈 수도 있어요."

그 순간이었다.

"아, 씨이. 저 새끼 도대체 뭐야?"

택시 기사가 소리쳤다. 그 정체불명의 차는 이차선에서 급작스레 좌회전하여 반포대교 방면으로 향했다. 도로는 난리가 났다. '끼익' 하며 급정거하는 소음과 욕설, 경적 소리가 뒤엉켜 북새통이 되었다.

재훈의 택시도 어쩔 수 없이 불법 좌회전을 했다. 기사가 벌금이 나올 것 같다며 불평을 쏟아 냈고, 재훈은 미안하다며 연락처를 줄 터이니 벌금이 나오면 연락하고 제발 잘만 따라가 달라고 부탁했다.

반포대교를 거의 전속력으로 내달린 택시는 검은색 차를 성모병원 사거리에서 다시 찾아내는 데 성공했다. 숨 막히는 추격전이었다. 택시 기사는 끝까지 따라잡겠다고 시키지도 않은 다짐을 거듭했다. 사거리에서 좌회전을 한 차는 성모병원 주차장으로 진입했다. 차단기 때문에 재훈의 택시가 그 차를 잠시 놓치기는 했지만, 지하 주차장으로 진입하는 걸 분명히 보았다.

재훈이 탄 택시도 지하로 들어갔다. 하지만 조금 늦게 진입한 탓인지 검은색 차가 보이지 않았다. 다시 출구로 나갔을지도 모를 일이었다. 모험을 하는 셈 치고 택시는 지하 주차장을 한 층 한 층 훑어가며 점점 더 아래층으로 내려갔다. 그리고 마침내 맨 아래층에 주차되어 있는 차를 발견했다. 운전석은 비어 있었다. 재훈이 택시에서 내렸다.

"손님, 괜찮으시겠어요? 무슨 사연인지는 모르겠지만 제가 좀 있어 드릴까요?"

"아니요. 괜찮습니다."

"아, 예. 그럼 조심하십쇼. 벌금 나오면 연락드리리다."

택시가 떠났다. 야심한 시각 병원 지하 주차장에 홀로 선 재훈은 뒷골이 서늘하고 머리끝이 쭈뼛 곤두섰다. 검은색 차 앞으로 가서 주변을 살펴보았지만, 아무도 없었다. 그는 평소처럼 그 차가 자신이 추격한 차가 맞는지 확인하기 위해 보닛에 손을 올려 보았다. 뜨거웠다. 조금 전까지 힘차게 달린 엔진의 열기가 느껴졌다.

재훈은 우선 주차장 안에 있는 엘리베이터와 계단의 위치를 확인했다. 장례식장 쪽으로 가진 않았을 듯했다. 그는 중앙 로비로 통하는 엘리베이터를 향해 걸음을 옮겼다. 늦은 시간이라 지하 주차장에는 인적이 없었다. 조그만 소리도 다 들릴 것 같았다. 재훈의 발걸음이 조금씩 빨라지는가 싶더니 이내 뜀박질로 바뀌었다. 하지만 엘리베이터는 움직임이 없었다.

　'이쪽으로는 올라가지 않았어. 그럼 장례식장 쪽인가?'

　재훈은 꺼림칙했던 장례식장 쪽 엘리베이터를 향해 전력으로 뛰기 시작했다. 엘리베이터 앞에 도착한 그는 헉헉거리며 층수 표시를 올려다보았다. 이미 늦었다. 놓쳐 버린 것이다. 재훈은 맥이 탁 풀렸다. 온몸의 힘이 빠져나가는가 싶더니 갑자기 속이 몹시 메스꺼워졌다. 취한 데다 달리기까지 했으니 속엣것을 게워 내지 않고서는 견딜 수 없을 지경이었다. 단순히 취기 때문만은 아니었다. 재훈은 버티지 못하고 주차장 한구석 침침한 곳으로 가서 허리를 굽히고 웩웩거리기 시작했다.

　바로 그때, 어디선가 건장한 사나이가 나타나 재훈의 뒷머리를 후려쳤다. 불의의 일격을 당한 재훈은 그 자리에 엎어졌다. 재훈의 머리와 옷은 토사물이 뒤엉켜 엉망이 되었다. 사내가 또다시 가격하려 하자, 재훈은 넘어진 상태에서 몸을 빙그르르 돌려 온 힘을 다해 기어갔다. 재훈은 곧 앞구르기를 하며 몸을 일으키는 데 성공했다. 사내가 또 한 번 주먹을 날렸지만 용케도 피했다. 재훈은 비척거리면서도 몇 번의 주먹을 더 막아 냈다. 재훈의 헉헉거리는 숨소리와 두 남자가 서로에게 주먹을 휘두르는 소리만이 침묵을 갈랐다. 얼마나 지났을까, 마침내 의문의 사내가 주먹질을 멈추고 입을 열었다.

"왜 나를 추격한 거지?"

"그러는 넌 누구야? 진희와는 무슨 관계야?"

"네가 진희 씨를 어떻게 알아?"

"왜? 놀랐나? 내가 진희랑 좀 친하거든."

재훈은 사내를 향해 주먹을 날렸다. 하지만 그는 여유 있게 피했고, 재훈이 도리어 그의 주먹을 맞았다. 얼굴에서 피가 흘렀다. 땀과 토사물과 피가 범벅이 되어 재훈의 얼굴은 엉망진창이었다. 하지만 포기할 그가 아니었다. 재훈과 사내의 격투가 다시 시작되었다. 야심한 시각이라 주차장에는 사람도 없었다. 보안 요원들도 모두 잠들었는지 그들의 격투 장면을 지켜보고 있는 것은 말 없는 CCTV뿐이었다.

재훈은 제법 잘 싸우고 있었다. 하지만 객관적으로 보면 싸운다기보다는 사내의 공격을 잘 막아 내고 있다고 표현하는 편이 더 정확할지도 몰랐다. 제대로 맞은 주먹이 없는 게 다행이었다. 사내의 격투기 실력은 상당한 수준이었다. 하지만 재훈역시 격투기를 연마해 왔던 탓에 겨우겨우 막아 내고 있었다.

"싸움 좀 하는군. 헉헉."

입안에 고인 피를 뱉어 내며 재훈이 말했다. 사내 역시 때리다가 지쳤는지 두 무릎에 손을 올리고 헉헉거리며 숨을 몰아쉬고 있었다.

"내가 좀 하지."

재훈이 그 순간을 놓치지 않고 사내에게 덤벼들었다. 재훈은 사내의 허리를 잡고 뒤로 넘어뜨렸다. 두 남자가 주차장 바닥에 쓰러져 뒤엉킨 채 뒹굴기 시작했다. 재훈은 죽을힘을 다해 사내를 깔고 앉으려고 애썼다. 자신보다 몇 년 더 젊어 보이는 이 사내를 주먹으로 이기기는 어려울 것 같았다. 사내 역시 재훈을 바닥에 눕히려고 필사적으로 노력했다. 우아한 격투기란 링 위에서나 존재하는 법이다. 그들은 서로 깨물고 꼬집고 팔꿈치로 가격했다. 심지어 재훈은 사내의 얼굴에 침을 뱉기까지 했다. 하지만 그는 점점 한계에 달하고 있음을 느꼈다.

"아악, 이 비겁한 새끼!"

재훈이 잠시 방심한 사이, 사내가 무릎으로 재훈의 급소를 가격했다. 일순간 재훈의 온몸에서 힘이 빠져나갔다. 그 틈을 놓치지 않고 사내는 얼굴을 가격하기 시작했고, 얼마 지나지 않아 재훈은 시체처럼 축 늘어졌다.

"나쁜 새끼, 이 비겁한 자식."

재훈은 들릴 듯 말 듯 계속해서 이 말만 반복했다. 사내는 재훈이 더는 덤벼들지 못할 거란 확신이 들었는지 그의 주머니를 뒤지기 시작했다.

"너 이 새끼, 뭐하는 짓이야?"

재훈은 힘이 다했는지 갈라질 대로 갈라진 목소리로 힘없이 욕을 해 댔다. 하지만 사내는 아랑곳히지 않고 재훈의 주머니를 계속 뒤져 지갑을 꺼냈다. 그 순간 재훈의 신분증이 툭 하고 바닥에 떨어졌다. 사내는 지갑을 뒤지려다 멈칫하며 재훈의 몸에서 떨어진 신분증을 피 묻은 손으로 집어 들었다.

"아, 이런… 젠장……."

"왜? 놀랍지, 이 자식아? 너 이제 큰일 난 거야."

"국정원 소속이에요?"

"왜 갑자기 존댓말이야, 새끼야. 그래, 나 국정원 요원이다."

거미줄

재훈은 한강변에 앉아 있었다. 늦은 시각이었지만 금요일 밤인 데다 날씨가 제법 더워져서 그런지 밤을 즐기는 시민들이 적지 않게 나와 있었다. 그는 힘든 기색이 역력했다. 얼굴에는 여기저기 멍이 들고 몇 군데가 찢겨 나간 양복 사이로 벌겋게 부은 피부가 보였다. 조금 떨고 있는 듯했는데 술 때문인지 격투의 여파인지, 그것도 아니라면 자신이 쫓은 사내의 정체 때문인지 알 수 없었다. 재훈은 그 사내의 신분증을 계속해서 만지고 있었다. 자신의 것과 똑같은 신분증이었다. 몇 번을 들여다보고 또 들여다보았지만 위조의 흔적은 없었다. 허탈했다. 어쩐지 역감시도 잘했고 미행을 떨쳐 내는 솜씨도 제법이었다.

"그러니까 나보고 그 말을 믿으라는 거요?"

"예, 그렇습니다."

"저기 말이요, 이름이 뭐라고 했지?"

재훈은 멍든 얼굴을 어루만지며 사내의 이름을 물었다. 입가에는 피딱지가 굳어 있었고 범벅이 된 토사물을 대충 닦아 내긴 했지만 머리는 여전히 엉망이었다. 재훈이 담배 한 개비를 꺼내 물었다. 격렬했던 싸움 때문인지 담배는 부러져 있었다. 재훈은 아무렇지도 않은 듯 부러진 담배를 버리고 다시 하나 꺼내 들었다. 꼬깃꼬깃 구겨져 있었다. 그는 최대한 깊이 담배를 빨아들였다가 뱉어 냈다. 하얀 연기가 재훈의 떡 진 머리카락 사이로 숨어들었다.

"김금석입니다."

"오케이, 김금석 씨. 방첩 1국 소속 방첩관이라 이거지요? 내가 당신 말은 아직 못 믿겠지만 신분증을 보니 우리 요원은 맞는 것 같네."

"미안합니다. 방첩 2국과 협의를 하고 공작을 진행하려 했지만 보안이 더 중요하다고 판단했어요. 괜히, 애쓰셨네요."

재훈은 정중하게 말을 건네는 금석이 탐탁지 않았다.

'괜히, 애쓰셨네요? 이 건방진…….'

한참이나 후배 같은데 지나치게 확신에 찬 어투도 맘에 들지 않았다. 그리고 진희가 그의 에이전트라는 생뚱맞은 말도 믿을 수 없었다.

"이봐요. 금석 씨. 당신이 우리 요원이라는 건 믿겠는데, 진희가 당신 에이전트란 말은 못 믿겠어. 진희는 해양수산부 내부 정보 유출자야. 우리 방첩 분석 팀에 따르면 말이야… 내가 이해하기 쉽게 설명하자면……."

"그건 다 우리가 준 자료입니다. 우리는 조르게가 대학 교수로 위장한 일본인 스파이라는 사실도 알고 있습니다. 어쩌면 스파이가 아닐 수도 있겠지요. 일본인들은 다 정보기관에 협력하고 있으니까요. 하여간 우리는 그를 거꾸로 이용하기로 했습니다. 일본 정보기관을 기만하는 거죠. 그럴듯한 기만 시나리오를 매주 만들고 있어요. 그리고 그 자료를 진희 씨를 통해서 전달하고 있습니다."

금석이 재훈의 말을 끊더니 단호한 어투로 재훈에게 설명했다. 격투 때문에 힘이 들 법도 한데, 젊어서 그런지 목소리에 별다른 흔들림이 없었다. 금석이 계속 설명했다.

"일본 정보기관을 혼란스럽게 만드는 것이 1차 목표고, 2차 목표는 방심하게 만드는 것입니다. 2013년 10월 일본은 자국 EEZ, 그러니까 배타적 경제 수역 내에 독도를 포함시키는 EEZ 포괄법을 통과시켰습니다. 그러고 나서 우리의 대응을 살피고 있어요. 우리도 2013년 12월 대응 법령 입법 예고를 했죠. 이건 독도에 관한 문제인 만큼, 해양수산부 직원들과 진희 씨가 적극 협조해 주고 있습니다. 마땅한 대책이 없다, 지지부진하다, 금년 하반기로 입법 시행을 미루려 한다는 식의 정보를 흘려서 방심하게 만들고 있어요. 그러니 이제 손을 떼 주셨으면 합니다."

금석의 말을 듣고 난 재훈은 피식하고 빈정거리는 웃음을 날렸다.

"거기서 추진하는 공작 따위, 듣고 싶지 않아. 그런 민감한 공작을 하시는 요원께서 자길 미행하는 정체불명의 사나이에게 주먹을 날리셨다, 노출을 각오하고? 그건 엉터리거든."

"안 그래도 진희 씨가 최근 누군가가 두 차례에 걸쳐 자신과 조르게를 감시했었다고 말했습니다. 그런데 오늘 제가 새로운 기만 서류를 전달하려 할 때 따라붙더군요. 저는 조르게가 진희 씨를 감시하기 위해 붙인 공작원이라고 생각했습니다. 그래서 제거하려 했지요."

"감시라면, 자전거 동호회에서 말인가?"

"네, 맞습니다. 그것도 알고 계시는군요."

"그래서 자전거 동호회에서 그를 제거하려 했나? 죽을 수도 있다는 걸 알면서?"

"무슨 말씀인지?"

재훈이 금석의 멱살을 격하게 낚아챘다. 호철의 모습이 떠올라서였다.

"감시하는 것 같아서, 그 잘난 공작이 망가질까 봐 그렇게 했나? 그래서 사람을 죽이려고 했냐고? 너 때문에 지금 내 동료

124

는 중상을 입고 병원에 누워 있어!"

금석이 캑캑거렸다.

"아니… 내, 내가, 그게… 컥."

금석은 뭔가 말하려 했지만 그럴수록 재훈은 더욱더 강하게 멱살을 거머쥐었다. 몇몇 행인들이 쳐다보았지만, 재훈은 이미 흥분한 상태였다. 금석은 재훈의 옆구리를 있는 힘껏 쳤다.

"윽!"

금석의 멱살을 잡고 흔들던 재훈의 손이 외마디 비명과 함께 풀렸다.

"헉헉… 나도 몰라요. 그건 내가 시킨 게 아니에요. 그 사고 는 우리한테도 미스터리예요. 진희 씨를 감시하려 했던 자가 누구인지, 왜 그런 사고를 일으켰는지, 전혀 모른다고요."

금석은 가쁜 숨을 몰아쉬며 말했다.

옆구리를 가격당하고 고개를 숙인 채 금석의 말을 듣고 있던 재훈의 어깨가 조금씩 들썩였다. 울고 있는 것 같았다. 재훈은 이를 악물고 흐느낌을 참아 가며 "호철아, 호철아!" 하고 반복 했다. 금석이 재훈의 등을 도닥였지만 한번 터진 재훈의 울음 은 쉬이 잦아들지 않았다.

누군가와 함께한 시간은 종종 다 큰 어른을 울리고도 남을 만큼 깊은 흔적을 남기곤 한다. 지극히 사적인 영역에서든 아 니면 아주 공적인 일 때문이든, 누군가와 시간을 함께 보낸다는 건 엄청난 일이다. 시간을 함께한다는 건 단순히 같은 공간 안에 머문다는 물리적 개념에만 그치지 않는다. 그것은 서로의 관심사를 공유하고 취향을 이해하며 더불어 존재한다는, 그리하여 상호 긴의 공감에 이른다는 의미이기도 하다.

어느 조직에나 일만 열심히 하는 일개미들이 있다. 그들은 주변 동료에게 관심을 두지 않는다. 출근해서 퇴근할 때까지 혼자만의 유리벽에 갇혀 자신에게 부여된 과업만을 성실히 수행한다. 그들은 스스로 훌륭한 직원이라 자부할지 모르지만, 그 누구와도 함께하지 못한 채 홀로 무의미한 시간의 흐름 속을 표류하는 것에 불과하다. 가족도 마찬가지다. 집이라는 같은 공간 안에 산다 해도 아무것도 공감하거나 공유하지 못한다면 이미 가족이 아니다. 돈을 벌어다 줬으니 아버지의 역할을 다한 것이고, 아이들 학원 알아보고 공부 시켰으니 어머니의 역할을 다했다고 생각한다면 오산이다. 그건 시간을 함께 보낸 것이 아니다.

시간을 함께한다는 건 추억을 만드는 일이다. 누군가와 함께하지 않았던, 오로지 나만 알고 있는 시간의 파편을 추억이라 부르긴 쉽지 않다. 그래서 추억이란 무서운 것이기도 하다. 누군가의 목소리와 손짓, 아주 짧은 시간 나를 바라보던 눈빛마저도 추억이 되지만, 그 누구에게도 추억이 되지 못한다면 그저 하나의 부품, 타인의 삶의 부속, 어느 순간 다른 이와 교체되어도 아쉬울 것 없는 완벽한 소모재가 되어 버리는 것이다.

재훈과 호철은 시간을 같이했다. 그들은 서로를 깊이 이해하며 함께 호흡해 왔다. 재훈의 삶에서 호철을 대체할 수 있는 사람은 존재하지 않는다. 그들이 만들어 온 추억의 깊이 때문이다. 그래서 재훈은 이 상황이 더욱 힘들었다. 그는 이제 어린아이처럼 소리 내어 울고 있었다.

"전 거미줄을 쳐 두었습니다."

재훈이 끅끅거리며 감정을 추슬러 보려 했지만 쉽지 않았다. 그러나 금석은 아랑곳하지 않고 할 말을 이어 갔다.

"우린 일본 쪽에서 분명 해양수산부의 내부 동향을 탐지하기 위해 접근할 거라고 예상했어요. 하지만 잘 아시듯이, 국내에 들어와 있는 일본인들은 무수히 많습니다. 누가 언제 어떤 방식으로 접근할지 알 수 없었습니다. 게다가 스파이라고 얼굴에 쓰고 다니는 것도 아니니까요. 그래서 우린 거미가 벌레가 꼬이는 모퉁이에 줄을 치듯이 우리만의 거미줄을 쳤습니다."

"……."

"해양수산부의 해양영토과 직원 중에 적합한 인물을 물색했습니다. 그게 바로 진희 씨였죠. 우리는 그녀를 어떻게 설득할지 많이 고민했습니다. 하지만 공통의 타도 목표가 있어서 그랬는지 너무나도 흔쾌히 협조하겠다고 하더군요. 진희 씨는 훌륭한 공직자이고 그녀의 상관들도 매우 사명감이 깊습니다. 인상적이었어요."

금석은 진희가 그의 거미줄이라고 했다. 해양수산부 홈페이지에는 업무별 담당자의 실명이 기재되어 있고 일본의 스파이들도 당연히 검색을 할 것이기에, 조금 더 노출을 시킨다면 훌륭한 거미줄이 되리라 믿었다고 했다. 금석은 진희의 페이스북에 그녀의 근무지, 직책, 업무, 심지어는 전화번호와 집 주소까지 상세히 등록할 것을 요구했고, 그녀는 사생활이 완전히 노출될 위험을 감수하면서까지 금석에게 협조했다.

진희에게 친구 맺기를 신청하는 사람의 수는 끊이지 않았다. 학자, 기자, 학생, 직장인 등 다양한 직업의 사람들이 그녀와 페이스북 친구가 되기를 원했고, 그중 일부는 진희의 업무와 관계되는 것을 묻는 경우도 있었다. 진희는 매일 밤 그들의 프로필과 활동 내역을 살폈고 일본 스파이로 의심 가는 사람이 있으면 금석과 함께 신분을 검증했다. 그러던 중 어느 잘생긴 백인이 친구를 신청했다. 바로 리하르트 조르게였다.

"그게 당신이 쳐 둔 거미줄이었다, 이거야?"

"맞아요. 신원을 확인해 봤더니 독일인이라는 것도, 대사관원이라는 것도 다 거짓이더군요. 일본인이었어요. 아마도 귀화를 했겠지요. 하지만 그가 우리의 거미줄에 완벽하게 걸려든 건 아니었습니다. 안식년을 맞은 교수로 위장하여 입국할 만큼 머리가 좋았어요. 더 무서운 건 독일 출신의 인물을 정보 활동에 활용하려 한 일본 정보기관의 치밀함이었어요. 힘이 센 놈이라고 생각했습니다. 힘껏 날갯짓을 하면 도망갈 것 같았지요. 그래서 우리는 느긋하게 기다리기로 했습니다. 분명히 진희 씨를 포섭하려 들 것이라고 생각했고, 우리의 생각은 맞았습니다. 물론 위기도 있었지만요."

무슨 생각이 났는지 금석은 풋 하고 웃었다.

그건 오월이었다. 조르게가 거미줄을 빠져나갈 뻔했던, 아니 조르게를 놔줄 뻔 했던 위기가 왔던 때 말이다.

조르게의 팔에 휘감긴 진희에게 그의 입술이 다가왔다. 그러나 조르게의 입술이 그녀의 입술에 닿으려는 찰나, 진희가 고개를 돌렸다. 조르게는 당황했다. 그는 다시 한 번 그녀의 입술을 찾으려 했지만, 진희는 말없이 그의 가슴을 밀어 냈다.

"오, 리하르트… 미안해요."

"진희 씨, 왜 그러죠? 내가 너무 성급했나요? 아니면 내게 뭔가가 부족한가요?"

"아니요. 당신은 정말 매력적인 사람이에요."

"그럼 왜?"

"미안해요. 저는……."

"……."

"제 마음이 허락하질 않아요."

"혹시 사랑하는 사람이 있는 건가요?"

"아니에요. 사랑은……. 사실은, 잘 모르겠어요."

"확신이 없군요? 그럼 날 받아 줘요."

"이니, 안 되겠어요. 정말 미안해요."

재훈이 어이없다는 듯 큰 소리로 웃었다.

"소설을 쓰고 있군. 계속해 보지 그래?"

"진희 씨와 조르게가 처음 만난 날부터 우리는 조르게가 덥석 물 만한 미끼들을 계속 흘렸어요. 그날 요트에서의 작전이 실패해서 낙담하고 있는데, 조르게가 다시 포섭을 시도하더군요. 제일 먼저, 돈이었어요. 고가의 자전거를 선물하려 하더군요. 하지만 우린 튕겨 보았어요. 멋지게 거부했지요. 너무 상투적이잖아요? 그러자 조르게가 초조한 기색을 보이더군요. 주도권이 우리에게 넘어왔다고 생각했습니다."

금석은 주도권을 확보했다고 여겼지만 초조하기도 했다고 말했다. 조르게가 포기하지 않고 다시 한 번 덤벼 주기를 기다렸는데, 어떤 방식으로 진희를 포섭하려 할지 몰라 불안했던 것이다.

"다행히 오래지 않아 조르게가 다시 접근했습니다. 진희 씨 대학 동기가 진희 씨보다 상관인데, 그걸로 진희 씨의 자존심을 자극하려 하더군요."

조르게는 대학 동기에게 업무 지시를 받는 것이 자존심 상하지 않느냐며 재차 포섭을 시도했다. 돈, 이념, 약점을 이용해서 포섭을 시도해 보고 그게 안 되면 마지막으로 개인의 자존심을 자극하는 것이 외국 스파이들이 즐겨 쓰는 수법인데, 아주 정석대로 공략을 해 온 것이었다. 진희는 당연히 그렇다고 대답했고, 조르게는 만족하며 자신과 함께 세상을 바꾸는 일을 해 보자고 말했다.

"보고서 하나 때문에 동기에게 이래라저래라 핀잔이나 받으며 지낼 필요 없지 않나요? 진희 씨는 명문 대학을 졸업하고 고시도 우수한 성적으로 합격했는데 왜 그래야 하죠? 억울한 일 아닌가요? 나와 일을 합시다. 그러면 세상을 진희 씨가 계획한 대로 바꿀 수 있어요. 진희 씨의 동기를 바보로 만들 수도 있죠."

"어떻게 하면 되나요?"

"어렵지 않아요. 당신이 알고 있는 걸… 내게 알려 주면 됩니다."

"진희 씨에게 흔쾌히 수락하라고 했어요. 그리고 그때부터 우리는 조르게에게 잘 꾸며진 가짜 회의 내용을 전달하기 시작했습니다. 그렇게 거미줄에 걸려든 먹이를 칭칭 싸매기 시작한 거죠."

"거미줄이었다고? 그렇다면……."

재훈은 금석의 말에 대꾸하고는 곰곰 생각에 잠겼다. 그러곤 이내 혼잣말을 중얼거렸다. 무언가를 추리할 때 나오는 그만의 독특한 버릇이었다.

'진희는… 그러니까 이중 스파이겠군.'

'Operation 101'

천장에 매달린 형광등 몇 개가 깜박거리고 있었다. 마치 숨을 거두기 직전의 마지막 헐떡임 같았다. 형광등이 깜박일 때마다 지직지직 하는 소리가 들렸다. 한두 개만 꺼져 버리면 창문 하나 없는 지하 복도는 더욱 어두워질 참이었다.

밖은 한여름이라 해도 이상하지 않을 만큼 무더웠지만, 일년 내내 햇볕이 들지 않는 지하 복도는 서늘했고 곰팡이 냄새도 약간 나는 듯했다. 긴 복도 중간에는 호실 표시만 되어 있는 방들이 자리 잡고 있었고, 사람의 왕래는 없었다.

"탁탁. 타닥."

이 눅눅한 복도는 거대한 악기라도 되는 양 누군가의 잰 발걸음 소리를 증폭시켰다. 덕분에 복도 저 끝에서라도 재훈이 걸어오고 있음을 쉽게 알아차릴 수 있었다. 재훈은 옆구리에

서류 뭉치와 다이어리를 낀 채 급히 팀장의 뒤를 따르고 있었다. 평소와 달리 정장을 제대로 갖춰 입은 차림이었다. 민무늬 감색 넥타이가 꽤나 차분해 보였다.

"이놈의 형광등. 미리미리 좀 갈아 두지 말이야. 참."

형광등이 다시 한 번 지직거리며 깜박였다. 무거운 분위기를 바꾸어 보려고 재훈이 너스레를 떨었지만 팀장은 아무 반응도 보이지 않았다. 말없이 걷던 팀장이 입을 열었다.

"확실하지? 조르게가 스파이라는 거."

"물론입니다. 그건 확실합니다. 왜냐면 말이죠, 방첩 1국에서도 스파이라고 인지하고 있으니까요."

팀장이 걸음을 멈추고 재훈을 돌아봤다.

"난 방첩 1국의 판단이 아니라 자네 생각을 묻는 거야."

"아… 네. 스파이가 확실합니다. 분석 팀의 보고서를 보시면요……."

재훈은 옆구리에 끼고 있던 서류 뭉치에서 보고서를 꺼내려 하였다. 하지만 서두르는 통에 보고서가 손에서 미끄러져 복도에 흩어졌다. 재훈은 팀장의 눈치를 살피고는 급하게 서류를 줍기 시작했다. 팀장은 미동도 하지 않았다.

"스파이 맞습니다. 분석 팀 보고서에 따르면 전형적인 일본 스파이의 행태를 보이고 있어요. 해양수산부의 내부 동향도 계속 유출되고 있고요."

재훈은 서류를 주워 가며 말을 이었다. 그런 재훈의 모습을 미동도 없이 내려다보던 팀장이 눈꼬리를 쓰윽 한 번 올리더니 등을 돌려 다시 성큼성큼 걷기 시작했다.

서류를 다 주운 재훈이 뛰다시피 팀장의 뒤를 따랐다.

"하지만 팀장님. 경합조정위원회에 회부하기에는 아직 이른 감이 있습니다. 조르게를 좀 더 관찰한 후에 회의 소집을 요구하는 편이……."

"쓸데없는 소리 하지 마. 조르게가 스파이가 맞으면 막아야 하고, 박진희가 이중 스파이라면 실체를 밝혀야 해. 무엇보다도 나는 이번 건 때문에 내 부하 직원이 계속해서 다치는 게 아주 맘에 안 들어. 어떻게든 결판을 내야겠어."

"……."

"도대체 어떻게 된 사람이 후배를 다치게 한 것도 모자라 얼굴이 그 지경으로 만신창이가 돼서 나타나나?"

팀장이 목소리를 높였다.

재훈은 잔뜩 멍이 든 얼굴을 민망한 듯 매만졌다. 재훈의 얼굴은 정말 엉망진창이었다. 간밤의 격투 탓이었다. 그 덕에 조르게를 상대로 방첩 1국이 기만 공작을 추진하고 있다는 사실을 알게 됐지만, 아직 조정위원회에 회부할 만큼 단서를 입수한 것은 아니라서 재훈은 팀장의 소집 건의를 반대했다. 하지만 팀장은 완강했다. 재훈은 얼마 전까지만 해도 사건을 접으라고 지시하던 팀장이 왜 돌연 태도를 바꿨는지 이해할 수 없었다.

"무슨 일이 있어도 이번 건은 우리가 해야겠어. 잔말 말고 오늘 사건을 따내세. 이건 명령이야."

재훈은 더 반대를 하는 건 무의미하다고 생각했다. 사실 그도 확증만 없을 뿐이지 여러 가지 정황상 진희와 조르게가 국가 기밀을 유출하고 있다고 확신하고 있었다. 호철의 부상도 그의 의지를 강하게 자극했다. 다만 확증이 없다 보니 조정위원회가 이번 건의 전담 부서를 방첩 1국으로 정하지 않을까 불안했다.

재훈과 팀장은 드디어 복도 맨 끝에 위치한 철문 앞에 섰다. 팀장이 신분증을 대자 굳게 닫혔던 철문이 열렸다. 재훈이 한 걸음을 내딛자마자 그를 쫓던 발자국 소리가 뚝 멎었다. 카펫이 깔려 있는 듯했다. 도청 방지 설비가 되어 있는지 방에서 발생하는 모든 소음이 어디론가 흡수되어 버렸다. 방 안은 복도보다 어두웠고 테이블 위에는 개별 조명이 켜져 있었다. 재훈과 팀장은 방첩 2국이라는 LED 명찰이 있는 책상에 자리를 잡고 앉았다. 맞은편에도 사람이 있는 것이 분명했지만 조명이 어두워 얼굴을 알아볼 수는 없었다. 업무 조정 과정에서 서로의 노출을 방지하기 위한 조치였다.

"꼭 이러서야 했습니까?"

136

어둠 속에서 귀에 익은 목소리가 들려왔다. 금석이었다.

"제가 어제 룰을 깨면서까지 제 공작에 대해 설명해 드렸는데, 경합조정위원회 개최를 요청하실지 몰랐습니다."

"룰이라……. 그렇다면 왜 에이전트라고 주장하는 진희의 존재는 우리 국 분석 팀에 통보하지 않았나? 그것도 룰 아닌가?"

재훈이 재우쳐 물었다.

"그건 내가 지시한 사항이네. 민감한 공작은 통보하지 않을 수도 있는 게 이 세계의 룰이니까. 아 참, 진희의 존재, 사실은 통보했네. 가명으로 말일세. 그래서 방첩 2국 분석 팀이 알 수 없었겠지."

어둠 속에서 또 다른 목소리가 들려왔다.

"누구신데 그런 지시를 하셨습니까?"

재훈은 어둠 속의 목소리를 향해 공격적으로 질문을 던졌다.

"나, 방첩 1국장일세. 예의를 지켜줬으면 좋겠군."

대화가 끊겼다. 조용하다 못해 고요하다는 표현이 어울릴 정도의 침묵이었다. 자리를 고쳐 앉을 때 나는 옷깃 소리마저도 귀에 거슬렸다. 침묵은 계속되었다. 조금씩 어둠에 익숙해지자 맞은편에 앉아 있는 사람들의 실루엣이 눈에 들어오기 시작했다.

'하나, 둘, 셋, 넷. 흥, 네 명이나 나왔네. 저쪽에서 제법 공을 들이고 있군. 하지만 이번 사건은 내가 맡아야 해. 반드시.'

재훈은 한 번 더 다짐했다.

곧 철문이 열리는 소리가 들렸다. 몇 명인지 가늠하기 어려웠지만 그리 많지 않아 보였다. 위원장과 위원들일 것이다. 그들을 수행하고 있는 이는 재훈의 직속상관인 방첩 2국장이었다. 목소리로 대번에 알 수 있었다.

위원장과 위원들이 착석했다. 책상에 희미한 불이 켜지고 나서야 비로소 그들의 얼굴을 확인할 수 있었다. 그들 뒤로는 국가정보원의 마크가 크게 자리하고 있었다. 조정위원들은 무표정한 얼굴로 준비된 서류를 살펴보기 시작했다. 재훈은 침을 꿀꺽 삼켰다.

"지금부터 업무 경합조정위원회 회의를 개최하겠습니다. 금일 조정 건은 방첩 1국의 방첩 기만 공작 대 방첩 2국의 방첩 색출 활동입니다. 이번 사건의 조정은 방첩 2국이 신청하였으며 동일한 대상자가 주요 목표로 중복되어 있습니다."

조정위원회 간사가 위원회의 개최를 선언했다. 서류를 들여다보던 위원장이 끄응 하고 몸을 고쳐 앉으며 첫 질문을 던졌다.

"방첩 1국 담당관에게 묻겠습니다. 기만 공작의 수행 근거는 무엇입니까?"

"방첩 1국 김금석 방첩관입니다. 우리 국은 국가정보원법 제3조 직무조항 및 방첩업무규정 제3조 2항에 근거하여 외국의 정보 활동에 대한 견제를 목적으로 방첩 공작을 수행하고 있으며, 동 규정 제4조에 따라 해양수산부 해양영토과에 방첩 활동 협조를 요청하여 합동으로 우리나라를 상대로 일본 정보기관이 자행 중인 정보 활동을 무력화하고 기만하기 위한 공작을 전개하고 있습니다."

어둠 속에서 빨간 불빛이 보였다. 금석의 마이크가 켜졌다는 표시였다. 금석은 그 선명한 불빛만큼이나 명확하게 답변했다.

"방첩 2국 담당관에게 묻겠습니다. 방첩 색출 활동의 근거는 무엇입니까?"

재훈이 자기 앞에 있는 마이크의 버튼을 눌렀다.

"방첩 2국 이재훈 방첩관입니다. 우리 국은 국가정보원법 제 3조 직무조항 및 방첩업무규정 제3조 1항에 근거하여 일본의 정보 활동을 찾아내고 방어하기 위한 업무를 추진하였습니다."

"음, 그렇군요. 법률자문위원은 방첩 1국과 2국의 활동이 법적인 근거에 따라 수행되고 있는지 말씀해 주시기 바랍니다."

위원장은 재훈과 금석의 업무가 법적인 권한과 근거에 따라 수행되고 있는지부터 따지기 시작했다. 조금이라도 근거가 부족함이 드러나면 그 즉시 업무 추진 권한을 잃게 될 것이 분명했다.

"방첩은 국가 안보와 국익에 반하는 외국의 정보 활동을 찾아내고 그 정보 활동을 견제하고 차단하기 위하여 수행하는 모든 대응 활동을 말합니다. 물론 다 아시겠지만 말입니다. 방첩 1국은 우리나라를 대상으로 정보 활동을 수행하는 일본 정보 기관에 혼란을 안겨 주기 위하여 기만 공작을 수행했고 방첩 2국은 일본의 정보 활동을 색출하기 위하여 방첩 활동을 추진하였으므로, 동 건에 대한 두 부서의 업무는 국가정보원법과 방첩 업무규정 등 법적인 근거에 따라 진행된 것이 분명합니다."

위원장의 표정은 다소 심드렁해 보였다. 언제부터인가 법에 근거하지 않은 활동은 허가되지 않았기 때문에 이 절차는 그 중요성에 비해서 다소 형식적인 면도 없지 않은 까닭이었다. 그는 제출된 서류를 건성건성 넘기다가 갑자기 얼굴을 들었다. 그러고는 물을 마셨다. 그의 안경테가 반짝였다. 살아 있는 눈빛 탓인지 안경테가 더 빛나 보였다. 재훈은 그런 표정과 태도만 보고도 그가 지금껏 일을 처리해 온 방식을 짐작할 수 있었다. 분명 냉정한 사람일 것이다.

"자, 그럼 본격적으로 해 봅시다. 우선 방첩 1국 방첩관은 추진하고 있는 공작 개요를 설명해 주시고 본 건을 방첩 1국이 추진해야 하는 이유를 말씀해 보세요."

다시 금석의 마이크에 불이 켜졌다. 그는 벽면 스크린을 향해 미리 준비한 프레젠테이션 자료를 쏘았다. 금석은 자신 있게 공작에 대해 설명했다. 그의 기만 공작은 잘 짜인 한 편의 영화 시나리오 같았다. 해양수산부 직원들도 방첩 업무규정 때문이 아니라 국익을 지켜야 한다는 공동체적 의무감과 사명감으로 적극 협조했다고 했다. 재훈은 금석의 발언을 하나라도 놓치지 않기 위해 집중하고 또 집중했다. 보안상 그에게는 단 한 자루의 펜도 허용되지 않았기에 보고 듣는 것만으로 금석의 허점을 찾아야 했다.

"저는 이 공작을 2014년 1월부터 추진했습니다. 반면 방첩 2 국은 5월, 아니 6월이 다 되어서야 조르게를 추적하기 시작한 것으로 알고 있습니다. 이것만으로도 방첩 2국은 동 건에 대한 방첩 활동 추진 당위성을 보유하고 있지 않습니다. 존경하는 위원장님, 그리고 위원님들의 현명한 결정을 기대하겠습니다."

"음, 공작이 아주 재미있군요. 그러니까 진희라는 에이전트를 통해서 일본 대사관에 거짓 정보를 전달했다는 것인데, 그 내용은 어떤 것인가요?"

위원장이 물었다.

"해양수산부는 지난 2013년 12월 30일 국가관할해역관리에 관한 법률 입법 예고를 했습니다만, 아직도 법률 제정은 되지 않았습니다. 방공식별구역 문제로 갈등을 겪은 상황인 데다 독도 및 이어도 영유권 문제가 연관되어 있어 일본의 관심이 대단하죠. 특히 법률 제정이 지연되고 있는 이유를 파악하는 데 열심입니다. 우리는 박진희 사무관을 통해 법률 제정 지연의 사유가 국내 정치 상황 때문이며 당분간 동법의 제정은 추진하지 않을 것처럼 일본을 기만하였습니다. 자세한 내용은 제출한 보고서를 보시면 알 수 있습니다."

위원장이 고개를 끄덕였다. 그리고 재훈을 향해 방첩 2국이 색출 활동을 전개하기 시작한 것이 5월 말부터가 맞느냐고 물었다. 재훈은 그렇다고 대답했다. 시작을 늦게 했으니 양보를 권유할 것 같아 불안했다.

"박진희가 이중 스파이라고 주장하고 있는데, 그 근거는 무엇입니까? 박진희와 조르게 간에 오고가는 문서나 비밀 내용을 확인한 것이 있습니까?"

땀이 났다. 아니, 땀이 등을 타고 흘러내리는 것이 느껴졌다.

"확인된 것은 없습니다."

여기저기서 웅성거리는 소리가 났다. 맞은편에서는 '칫' 하는 소리가 났는데 아마도 금석이 어이없다는 투의 반응을 보인 것이리라.

"다시 한 번 말씀드리지만, 직접 확인한 것은 없습니다. 그러나 박진희는 분명 이중 스파이입니다."

"그 근거는요?"

"여기 방첩 2국 분석 팀의 보고서를 제출합니다. 방첩 1국에서는 조금 전 발표에서 해양수산부가 법률 제정을 당분간 추진하지 않을 것이고 법률 제정 지연 사유가 국내 정치 상황 때문이라면서 일본을 기만했다고 했습니다만."

재훈의 목소리에 힘이 들어가기 시작했다.

"우리 국 보고서에 따르면, 일본은 해양수산부의 법률 제정에 대비하여 대응책을 마련하고 있습니다. 또 중국 측의 문제 제기로 법률의 명칭이 국가관할해역관리에 관한 법률로 바뀌었다는 일부의 루머나, 법률 제정이 산업통상자원부와의 의견 조율이 제대로 이루어지지 않아 지연되고 있다는 사실도 알고 있습니다. 저는 본 정보를 방첩 1국이 지원한 것이라고 생각하지 않습니다."

"뭐, 기만이라는 것이 구십 퍼센트의 진실 위에 십 퍼센트의 거짓 정보를 전달하는 것이니까 그럴 수도 있겠지요. 방첩 1국의 입장은 어떤가요?"

위원장이 안경을 고쳐 쓰며 말했다.

"그… 그것은 언론 보도를 보면 누구든지 알 수 있는 내용입니다."

금석의 목소리가 조금 떨렸다.

"다시 물어보지요. 방첩 1국은 이러한 사실을 알고 있었나요? 방첩 1국 분석 팀의 보고서에는 이런 내용이 있습니까? 언론 보도는 어떤 것이 있었지요?"

위원장이 물었지만 금석은 대답하지 못했다.

"기만 공작을 하면서도 기만 대상자의 반응을 점검하지 않았나요? 조금 의외군요."

위원장이 재차 날카로운 지적을 했지만 금석은 이번에도 별다른 답변을 하지 못했다. 재훈은 기회라고 여기고 위원장에게 발언을 요청했다.

"일본 측온 해양수산부 해양영토과의 일일 회의 내용을 파악하고 있는 것으로 분석되었습니다. 첩보 소스를 이 자리에서 공개할 경우 보안상 문제가 있기에 확인을 요청하시면 개별 보고 드리겠습니다."

"알겠습니다. 방첩 1국은 해양수산부 해양영토과의 일일 회의 내용을 기만 자료로 조르게에게 전달한 사실이 있는지 답변해 주세요."

하지만 금석은 이번에도 답변하지 못했다. 당황한 금석이 겨우 말을 뱉었다.

"박진희는 스파이가 아닙니다. 해양영토과 내에 일본 정보 요원과 접촉하고 있는 제3의 인물이 있을 겁니다."

"그렇지 않습니다!"

재훈이 외쳤다.

"방첩 2국은 어떻게 단정합니까?"

"통상 외국 정보기관에 포섭되는 사람들은 포섭 전에 상당 기간 그들과 접촉한 이들일 수밖에 없습니다. 따라서 해양영토과 직원들이 과거 일본 측과 접촉한 전력을 파악한다면 누가 포섭되었는지를 유추할 수 있습니다."

"그렇겠군요. 하지만 해양영토과 직원들이 일본 측과 접촉했던 사실이 있는지는 어떻게 알 수 있죠?"

"방첩업무규정 제8조에 의거, 공직자는 외국인 접촉 관련 사항을 소속 기관의 장에게 신고하게 되어 있습니다. 우리는 신고 내역을 확인해 보았습니다. 그런데 해양수산부 해양영토과 직원 중 그 누구도 박진희 이전에 일본 측과 접촉한 사실이 있다고 신고한 이는 없었습니다."

"이의 있습니다. 국가를 배신하려고 마음먹은 사람이 그런 규정을 다 지켜 가면서 신고를 하겠습니까?"

금석이 반박했다.

"아니요. 먼저 일본인에게 협조하겠다고 마음을 먹지 않는 이상 포섭이 되기 전에는 신고를 할 수밖에 없겠지요."

위원장이 냉정하게 말을 받아쳤다.

"하지만 위원장님."

"더 들을 이유가 없을 듯합니다."

위원장은 그의 발언을 막았다. 무슨 말을 하려는지 알고 있다는 태도였다. 그는 어둠 속에 앉아 있는 방첩 1국과 2국 직원들에게 퇴장을 요구했다. 두 부서의 분석 팀 보고서를 검토할 시간이 필요하다며 다시 부를 때까지 대기할 것을 지시했다.

방첩 2국의 국장과 팀장 그리고 재훈은 다시 철문 밖으로 나왔다. 여전히 형광등은 깜박거리고 있었다. 국장과 팀장은 재훈의 발 빠른 대응을 칭찬했다. 하지만 재훈은 초조했다. 사건을 맡지 못하면 어떻게 해야 할지 걱정이 되었다. 금석 역시 불안하기는 마찬가지였다. 기껏 사냥한 먹이를 하이에나 무리에게 빼앗길까 봐 불안해하는 맹수의 심정과도 같았다. 삼십 분이 지나고 나서야 위원장은 재 입장을 허락했다.

"보고서를 충분히 검토했고 양측의 발언에 대해서도 심사숙고했습니다. 본 위원회는 최초 양 국이 합동으로 공작을 추진할 것을 제안하려 하였으나, 의견을 수정했습니다. 방첩 2국이 맡으시지요."

재훈과 팀장의 표정이 환해졌다. 어제 얻어맞은 입술 주위가 욱신거리는 것도 아랑곳하지 않고 재훈은 활짝 웃었다.

"방첩 1국은 기만 공작의 스토리도 잘 짰고 해양수산부와의 공조도 훌륭했습니다. 아주 모범적인 사례라고 할 수 있겠어요. 하지만 기만 대상자의 반응을 점검해야 하는 기본을 지키지 않은 점, 해양수산부 해양영토과의 일일 회의 내용이 유출되고 있음에도 이를 인지하지 못한 점, 일일 회의 내용을 기만 공작 자료로 제공한 사실이 없는 점 등에 비추어 기만 공작을 계속 추진하거나 방첩 2국과 합동 공작을 추진하는 것은 부적절하다는 판단입니다."

위원장이 차분하게 결정의 이유를 설명했다. 여전히 심드렁해 보이는 태도였지만 그의 말에는 힘이 있었다.

"옳은 판단이 아닙니다. 위원장님!"

금석이 소리쳤다.

"뭐라고요?"

"일본의 EEZ 포괄법은 단순히 경제 문제하고만 관련된 것이 아닙니다. 잘 아시다시피 한국, 일본, 중국의 배타적 경제 수역은 영해 기점에서부터 200해리로 측정할 경우 상당 부분 중첩됩니다. 일본의 주장대로 해양 경계, 그러니까 배타적 경제 수역을 확정하면 독도가 일본의 관할, 일본의 땅이 될 수도 있다는 사실을 알고 계십니까?"

"계속해 보세요."

"해양수산부가 입법 추진 중인 국가관할해역관리에 관한 법률은 단지 경제적 싸움을 하자는 것이 아니라 이 나라의 영토를 지키기 위한 해상 전쟁을 시작하려는 첫 움직임이란 말입니다. 우리가 아무런 대응도 하지 못한 채 끌려가거나 일본에게 유리한 내용의 조문을 조금이라도 포함시키게 되면, 아니 그게 아니더라도 우리의 전략이 노출될 경우 독도를 빼앗길 수도 있습니다."

"독도 문제가 그리 쉽게 되겠습니까?"

재훈이 반박했다.

"모르면 가만 계세요."

금석이 대꾸했다.

"뭐라고?"

재훈은 벌떡 일어섰다. 어둠 속인지라 그 모습이 제대로 보일 리 없었지만 금석은 소리와 느낌만으로도 알 수 있었다.

"이 법과 관련한 일본의 정보 활동을 제대로 막지 못한다면 중국 또한 만만치 않게 나올 겁니다. 중국이 주장하는 배타적 경제 수역에는 이어도가 포함되어 있습니다. 물론 일본이 주장하는 배타적 경제 수역에도 이어도가 포함되어 있지요. 그렇다면 중국은 독도는 일본에게 양보하고 이어도를 차지하려 할 수도 있습니다. 저희가 기만 공작을 전개한 이유는 일본과의 해상 영토 싸움에서만 승리하려는 것이 아니라 앞으로 예상되는 중국의 해상 영유권 주장 시도 또한 사전에 차단하려는 것입니다. 저희 방첩 1국은 사안의 중요성을 미리 분석하고 이를 막기 위해 지난 2013년도부터 기만 공작을 기획하고 시행했습니다."

위원장과 위원들은 서로 귓속말을 하며 무언가를 협의했다.

"존경하는 위원장님, 그리고 위원 여러분. 저희는 국가의 이익을 위해 오랫동안 미래의 안보 위협을 분석하고 장기간의 공작을 전개하고 있습니다. 전략적인 방첩 활동입니다. 그런데 방첩 2국은 어떻습니까? 어쩌다가 입수하게 된 첩보만을 가지고 사안의 중요성은 고려하지도 않은 채 저희 국의 공작을 엉망진창으로 만들려 하고 있습니다. 저희는 주도면밀하게 분석하고 준비했으며 적절하게 시행해 왔습니다. 부디 판단을 재고

148

해 주시기 바랍니다."

이번 공작이 자신들의 것이 되어야 한다는 금석의 생각에는 변함이 없었다.

"방첩 1국은 관련된 보고서 일체를 제출할 수 있나요?"

"재고해 주시겠습니까?"

금석은 확답을 받으려 하였다. 하지만 그때 재훈이 발언 버튼을 누르고 그의 말을 끊었다.

"주도면밀하다는 주장은 맞지 않습니다. 방첩 1국의 주장처럼 일본의 해양영토 잠식을 위한 정보 활동의 심각성에 대해서는 저희도 잘 알고 있습니다. 그리고 방첩 1국의 기만 공작 내용이 타당하다는 점도 어느 정도 동의할 수 있습니다. 하지만 방첩 1국은 기만 공작을 하면서도 기만 공작 대상의 반응을 점검하지 않았습니다. 그렇게 중요한 사안에 대한 기만 공작을 하면서 가장 기본이 되는 점검 요소를 누락하고도 공작 수행의 권리를 주장하는 것이 말이 된다고 생각하십니까?"

재훈은 방첩 1국의 약점을 집요하게 물고 늘어졌다.

"위원장님, 정보 활동은 살아 움직이는 생물입니다. 모든 공작이 교과서대로 되는 것은 아니지 않습니까? 예외라는 것이 있습니다."

금석이 반박했다.

"그렇지요. 정보 활동이라는 것이 늘 교과서처럼 되는 것은 아니겠지요."

위원장의 얼굴에 표정이 조금 나타나기 시작했다. 하지만 재훈은 도리어 자신이 생겼다.

"그러나 기만 공작만큼은 그렇지 않습니다."

재훈은 한 권의 책을 중앙 모니터에 띄웠다.

"방첩 1국에서 몇 해 전 제작한 공작 기본 개론서 『Operation 101』입니다. 이 개론서의 203쪽 기만 공작 편에 분명히 명시되어 있습니다. '기만 공작의 성공을 위해서는 기만 공작 대상의 반응을 반드시 점검해야 하며 이 원칙에는 어떠한 경우에도 예외가 있을 수 없다'라고 말입니다."

장내가 술렁거렸다.

"기본을 지키지 못하면 기만을 하는 것이 아니라 기만을 당할 수 있습니다. 자신들이 만들어 놓은 공작 기본 개론서의 대원칙조차 지키지 못하면서 어떻게 공작 수행 권리를 주장할 수 있습니까? 박진희는 방첩 1국의 에이전트로 협조하는 척하면서 일본 측에 정보를 유출하는 이중 스파이가 확실합니다. 입증할 수 있습니다."

재훈이 단호하게 말했다.

"방첩 1국, 반박 의견 있습니까?"

금석은 털썩 주저앉았다. 그러자 위원장은 망설임 없이 방첩 2국이 공작을 전담하는 것이 좋겠다는 말과 함께 의사봉을 내리쳐 버렸다.

철문을 열고 복도로 나서니 형광등은 더는 깜박이지 않았다. 양 끝이 까맣게 변한 모양이 수명을 다했음을 알려 주고 있었다. 덕분에 복도는 아까보다 어두웠지만 그보다 더 어두운 방 안에서 나온 직후라 어둠이 거슬리지는 않았다. 위원회가 열리기 전처럼 팀장은 말없이 성큼성큼 앞서 걸었다. 그런데 쿵쿵쿵 하며 누군가가 뛰어오는 소리가 들렸다. 뒤를 돌아본 재훈의 눈에 금석의 모습이 들어왔다.

"무슨 수작을 피운 겁니까?"

금석은 당장이라도 재훈을 칠 기세였다.

"수작이라니? 아까 제대로 듣지 못했나? 난 방첩 분석 결과를 믿었고 당신은 공작의 기본을 지키지 않은 것뿐이야. 자네가 소속된 방첩 1국에서 만든 공작 기본 개론서를 잘 읽어 보게. 『Operation 101』 말이야."

"분석 결과는 어떻게 된 겁니까? 우리에게도 통보해 줘야 했던 거 아닙니까?"

"보안 사항은 통보하지 않을 수 있지. 자네 국이 그랬던 것처럼 말이야. 그리고 경합조정위원회가 끝나자마자 조정 대상자가 상대 조정 대상자를 쫓아 나온 건 규정 위반이야. 누가 어떤 일을 추진하고 있는지 알아보려는 거잖아. 아주 심각한 규정 위반이야."

금석과 재훈의 눈빛이 부딪쳐 불꽃이라도 튈 것 같았다. 금석의 몸은 떨리고 있었지만, 판다처럼 멍이 든 눈두덩 사이로 보이는 재훈의 눈빛은 여유롭고 당당했다.

"눈감아 주지. 감사실에 보고하지 않겠어. 하지만 진희와 조르게를 잡아내려는 나를 방해한다면 그때는 오늘 일까지 문제 삼겠네. 조심하는 게 좋을 거야."

재훈은 금석의 눈을 끝까지 노려보다 몸을 돌렸다. 그들의 대화를 듣고 있던 재훈의 팀장도 금석을 향해 고개를 살짝 끄덕이고는 발걸음을 돌렸다. 그 순간 깜박이던 또 다른 형광등 하나가 퍽 하며 꺼졌다.

또 하나의 세상

집중하기가 힘들었다. 차분하게 상황을 정리하고 싶었지만 쿵쿵거리는 음악 소리가 계속해서 생각의 길을 가로막았다. 밖에서 지나다니는 버스 소리도 거슬렸다. 재훈은 모두 더위 탓이라고 생각했다. 몹시 더운 날이었다.

"에이취!"

재훈이 재채기를 했다. 벌써 두 시간 동안이나 에어컨을 켠 채로 차 안에 앉아 있는 터였다. 이른 폭염 때문이기도 했지만, 그렇지 않더라도 창문을 내리지 못할 상황이었다.

'이놈의 냉방병이 또 도졌네.'

재훈은 혼잣말을 했다. 화장실에라도 다녀오면서 이 폭염을 몸으로 직접 느끼면 좀 덜해질 만도 하건만, 도무지 자리를 비울 수가 없었다. 그는 혼자 나온 것을 후회했다. 하지만 어쩔 수 없었다. 조르게와 진희를 모두 감시해야 했기에, 갓 퇴원한 호철에게 어쩔 수 없이 조르게를 부탁하고 자신은 진희를 맡기로 했기 때문이다.

조금 의외였다. 재훈은 오늘 진희가 조르게를 만날 거라고 예상했지만, 보기 좋게 빗나갔다. 두 시간이 다 되어 가는데도 진희는 기욱을 마주하고 있었다. 재훈은 창문을 조금 내리고 담배 하나를 꺼내 물었다. 문득 오늘 아침 집을 나설 때 자신을 타박하던 아내의 모습이 떠올랐다. 그의 아내는 재훈을 향해 도대체 뭘 하고 돌아다니기에 휴일에도 집에 안 붙어 있느냐고 짜증을 부렸다. 재훈은 얼굴을 찡그리며 담배 연기를 뿜어냈다. 분명히 아이들은 차 안에서 또 담배 냄새가 난다고 투덜거릴 것이다. 하지만 그는 담배를 쉽게 끊지 못했다. 스파이는 휴일에도 움직이고, 그 뒤를 쫓는 방첩관은 몇 시간이고 꼼짝도 하지 못한 채 차 안에 앉아 스파이를 살펴야 한다. 음악과 담배만이 유일한 친구였다.

재훈은 담배 연기를 길게 내뿜으며 맞은편 카페에 앉아 있는 진희와 기욱을 바라보았다. 재훈은 담배 연기에 눈이 따가워 실눈을 떠야 했다. 아직도 그의 눈가에는 멍 자국이 남아 있었다. 진희는 계속해서 기욱에게 말을 하는 것 같았지만, 기욱은 그런 진희는 아랑곳하지 않고 전화기만 만지작거리고 있었다.

'저러니 연애를 못 하지.'

재훈은 좋아하는 진희를 앞에 두고도 바보처럼 구는 기욱을 보며 한심스럽다는 듯이 중얼거렸다. 토요일에 만났으면 일주일 내내 보지 못한 얼굴을 사진 찍듯 담아 가도 부족하련만, 기욱은 스마트폰에 정신이 팔려 있었다. 모처럼 교외에 나가 보자는 아내의 성화를 뿌리치지만 않았어도 이렇게 허탈하지는 않았을 것이다. 재훈은 담배를 깊이 빨아들였다.

도심에는 이 폭염에도 꼭 붙어 길을 걷는 연인들이 가득했다. 가족끼리 시내 구경을 나온 것처럼 보이는 사람들도 제법 있었고, 더위를 기회 삼아 건강하고 섹시한 육체를 맘껏 뽐내는 남녀들로 북적였다.

'저 사람들 참 행복해 보이네. 평범하게 사니 말이야.'

재훈이 중얼거렸다.

같은 시간과 공간 속에 있으면서도 자신의 처지가 그들과는 완전히 다르다는 사실을 재훈은 늘 의식하고 있었다. 그 누구도 재훈이 이 자리에서 누군가를 감시하고 있다는 사실을 눈치채지 못할 것이다. 눈치채기는커녕 그런 일을 하는 사람이 있다는 상상조차 하지 못할 것이다. 평범한 일상을 살아가는 사람들에게 이런 일은 어쩌면 관심 밖일지도 모른다. 재훈은 또 다른 세상에 살고 있었다.

문득 방첩 요원으로 배치받고 난 후 첫 훈련을 받던 때가 생각났다. 교관은 아주 덤덤하게 이야기했다.

"아직 민간인 티를 벗지 못한 자네들은 잘 모르겠지만, 지금까지 여러분이 살아온 평범한 세상을 지탱하는 또 하나의 세상이 존재한다. 거기 맨 앞에 앉아 있는 신입 요원, 누가 그런 일을 하고 있는지 말해 보겠나?"

"글쎄요. 정확히는 모르겠습니다만 경찰관이나 소방관을 말씀하시는 건가요?"

재훈이 대답했다.

"자네, 이름이 뭔가?"

"이재훈입니다."

"오십 점짜리 답변이야. 보이지 않는 곳에서 평범한 세상을 안전하게 유지하는 일은 셀 수 없이 많다. 민간인이라면 당연히 소방관이나 경찰관, 혹은 늦은 시간 철로를 보수하는 사람 등을 떠올리겠지. 그들이 태만해지면 평범한 세상은 무척 불편하고 불안한 곳이 될 테니까 말이야."

"혹시 방첩관이라고 말씀하시려는 건가요?"

재훈이 다시 손을 들고 말했다. 그러자 교관은 약간 빈정거리는 듯한 웃음을 보였다.

"이제야 정보 요원 같은 말을 하는군. 방첩관이 하는 일은 경찰관이나 소방관이 하는 일과는 본질적으로 다르다. 방첩관은 평범한 세상이 잘 굴러갈 수 있도록 유지하는 것이 아니라, 그 세상을 외부의 음흉한 위협으로부터 보호하는 일을 하지. 매일 매일 가스불이 제대로 켜지고 전등이 들어오고 지하철이 잘 움직이게 하는 것이 경찰관과 소방관, 그리고 다양한 공무원들의 일이라면, 갑작스레 폭풍우가 치는 밤에 베란다의 유리창이 깨지지 않도록 미리 준비하고 대비하는 것이 방첩관의 일인 셈이다. 그리고 그 유리창은 바로 대한민국의 생존, 그 자체다."

교관은 잠시 말을 멈추더니, 햇병아리 방첩관들의 눈을 하나하나 들여다보았다.

"이 땅에는 친일파를 만들어 내려는 수많은 일본인과 친미파를 만들어 내려는 수많은 미국인, 친중파를 만들고 싶어 하는 중국인 그리고 친러파를 만들어 내려는 많은 러시아인들이 있다. 아직도 대한민국 수도 한복판에서 일왕의 생일 축하연이 열리고 그 자리에 참석하는 사람들이 있지. 어디 일본뿐일까? 모든 나라가 이 땅에서 똑같은 목적을 달성하기 위해 무수한 스파이들을 파견하고 있을 것이다. 잘 들어라. 그들의 목적은 단 하나다. 이 나라를 소유하려는 것이다. 그게 안 된다면 자기들 마음대로 이 땅을 요리하려는 것이다. 당연히 이것은 만천하에 드러나는 일이 아니다. 따라서 방첩관이 살고 있는 세상의 모습은 음모와 배신과 더러운 속임수가 난무하는 전쟁터와도 같다. 평범한 사람들은 결코 알 수 없는 소리 없는 전쟁. 이 세상에는 신사적인 규칙도, 양심도 없다."

그때 신입 방첩관 중 하나가 손을 들고 말했다. 그는 우리나

라가 얼마나 부강해졌는데 외국 스파이들의 농간에 넘어가겠
느냐고 했다. 국방력도 강하고 경제력도 상당한 대한민국이 쉽
게 무너질 거라 생각하느냐고 교관에게 물었다. 그러자 교관은
"넌 빵점"이라고 답했다.

"평범한 사람들은 이해할 수 없겠지. 아무리 역사책을 많이
읽더라도 음흉한 외국 세력을 이겨 낼 수 있는 무기는 외교력
이나 군사력, 경제력이라고만 생각할 테니까. 자네처럼 생각하
는 게 보통이겠지. 이 자리에 앉아 있는 사람 중 단 한 명이라도
역사책에서 진짜 스파이들의 활약상을 읽어 본 적이 있나? 없
을 거야. 그래서 보통 사람들은 외국의 숨은 의도와 술수를 파
악하고 그들의 입맛에 맞게 우리의 외교나 국방 정책을 주물러
주는 변절자를 찾아내지 못하면 그 무엇으로도 나라를 지켜 낼
수 없다는 걸 알지 못하지. 아마도 그래서 외국인들에게 한없
이 친절한 건지도 모르고. 잘 듣도록. 국가의 운명을 좌우하는
결정적이고 치명적인 행위들은 보이지 않는 곳에서 벌어진다.
또 하나의 세상에서 말이야."

"그게 저희가 앞으로 살아가게 될 세상입니까?"

재훈이 물었다.

"자네들이 살아가게 될 방첩이라는 세상과 검찰이나 경찰,
혹은 군인들이 살고 있는 세상을 구분하는 가장 큰 기준은 법
이다. 검찰이나 경찰은 법이 없으면 세상을 규율할 수 없다. 어

떤 사건이 실제로 벌어지지 않으면 법의 잣대로는 그 어떤 것도 심판할 수 없지. 그러나 설령 어떤 일이 벌어졌다고 해도, 그것을 재단할 수 있는 법이 아직 마련되어 있지 않다면 역시 법의 잣대로 판단할 수 없다. 무슨 뜻인지 알겠나?"

"……."

"어려운가 보군. 본질적으로 법이란 늘 과거를 바라본다. 사법 기관과 정부 부처들은 모두 과거 지향적이라는 뜻이다. 하지만 정보기관은 일어나지도 않은 국가의 붕괴를, 헌법적 가치의 파괴를, 외국에 의한 농단을 막기 위해 활동한다. 정보기관은 위협이 되는 국가를 제거하거나 심각한 타격을 안겨 주기 위해 과거의 수단이 아니라 늘 새로운 수단과 방법을 찾아내고 시행한다. 그리고 단 한 번의 타격만으로도 다른 나라의 붕괴를 이끌어 내려 한다. 따라서 이런 치명적인 공격, 그러니까 아직 일어나지는 않았으되 대비하지 않으면 안 되는 일들, 그것은 법으로 규율할 수 있는 것이 아니다. 이것은 전쟁이다. 소리 없는 전쟁. 미래를 두고 싸우는 치열한 혈전이다. 어떻게 미래라는 공간을 먼저 살아가는 정보 요원들을 과거를 바라보는 법으로 재단할 수 있겠는가? 앞으로 자네들은 결코 세상에 드러나지 않을 것이다. 아직 오지 않은 미래의 세상에서 싸움을 할 테니까."

교관의 말을 다 듣고 나서도 재훈은 무슨 의미인지 잘 알 수 없었다. 하지만 몇 해를 방첩관으로 살다 보니 조금씩 그 의미를 깨닫게 되었다. 그래서 재훈은 단 한 번도 자신이 살고 있는 세상을 누구에게 설명하려 해 본 적이 없었다. 아무리 설명해도 순순히 이해하거나 받아들일 수 있는 것이 아니기 때문이다. 삼차원의 세계에서만 살아온 우리가 시간도 공간도 존재하지 않았다는 빅뱅 이전을 상상할 수 있겠는가? 일부일처제 사회에 살면서 일부다처제 나라의 사고방식을 쉽게 용인할 수 있겠는가? 내가 겪어 보지 못한 세상을 이해한다는 것은 결코 쉬운 일이 아니다.

재훈이 아쉽게 생각하는 것은 사람들이 방첩의 세계나 정보 활동의 본질을 이해해 주지 않는 게 아니었다. 재훈을 힘들게 하는 것은 사람들의 평가였다. 어쩌다 방첩을 알게 된 사람들은 법이라는 평범한 세상의 잣대로 법으로 규율할 수 없는 방첩의 틀을 규제하려 했다. 알고 있는 것을 비판하는 것보다 잘 알지 못하는 것을 비판하는 게 도리어 쉬울 때가 많다. 세상을 보고 싶은 대로만 보면 되기 때문이다.

가끔 재훈은 왜 이 어렵고 험한 세계에 발을 내딛었는지 후회하곤 했다. 남들처럼 평범하게 살았다면 마음껏 자신의 주관을 드러내고 자유롭게 남을 재단하고 평가할 수 있었을 것이다. 이 나라를 어찌해 보려는 스파이 따위는 신경 쓰지 않고, 심지어 그런 사람들이 있다는 사실조차 알 필요 없이 살 수도 있었다. 재훈은 그저 조국에 헌신하고 싶었고, 이 일이 꽤 멋진 일이라고 생각했었다. 나라를 지킨다는 것의 의미가 이토록 무거운지 알기 전까지는 말이다. 재훈이 또다시 길게 담배 연기를 뱉어냈다. 후우 하고 뿜어내는 연기에는 깊은 한숨도 깃들어 있었다.

'따르르릉.'

그의 전화기가 울렸다.

"선배님, 저 호철입니다."

"어, 그래 호철아. 고생이 많다."

"고생은 선배님이 하시죠. 그나저나 조르게는 숙소에 처박혀서 나올 생각을 않네요. 박진희 움직임은 있나요?"

"아니, 그게 말이다. 기욱이, 내 대학 후배 만나고 있다. 꼭 연인 같은 모양새야. 참 나, 아무래도 허탕인 듯싶다."

"그러게요, 여기도 별 움직임이 없으니."

"몸도 아직 성치 않은데 쉬어야 하는 거 아니니?"

"하하, 저 없으면 선배님 어쩌시려고요? 제가 같이 고생해 드려야죠."

정말 고마운 후배였다. 재훈은 호철의 말 한마디에 우울했던 기분을 조금이나마 떨쳐 버릴 수 있었다. 호철은 언제까지 현장을 지킬 것인지 물었다. 원래는 대상자가 모든 움직임을 완전히 멈춘 후에야 현장을 벗어나야 했지만 오늘은 예외였다.

재훈은 곧 연락하겠다고 말하곤 전화를 끊었다. 그리고 곧이어 누군가에게 전화를 걸었다.

"어, 재훈이 형. 웬일이야?"

재훈은 기욱과 진희가 만나는 장면을 바로 맞은편에서 보고 있으면서도 아무것도 모르는 척 태연히 말했다.

"그냥 생각나서 걸었지. 뭐하니?"

"응. 진희 만나요."

"이야, 너희 사귀냐? 이 황금 같은 토요일 오후에 둘이서 만나고."

"하하. 우리가 설마 사귀겠어? 요즘은 자전거도 안 타니까 종종 이렇게 만나요. 오늘은 저녁까지 같이 먹고 심야 영화나 보러 갈까 생각 중이야."

"좋겠구나. 데이트하는 것 같네. 그나저나 요즘은 너 속상하게 만들었던 그 조르게란 놈은 안 만난대?"

재훈이 조심스레 물었다.

"아, 그… 그놈, 요즘은 안 보지 뭐…….."

"그래?"

"형, 잠깐만. 끊지 마요."

기욱은 눈빛으로 진희에게 양해를 구하고 자리에서 일어나 건물 밖으로 나왔다.

"그게, 형. 이제 조르게 만날 일이 없어졌다고 그러던데요.

무슨 일인지는 모르겠지만 조르게도 연락 안 하는 것 같아요."

"그 말 하려고 일부러 밖으로 나왔어?"

"어? 내가 나온 걸 형이 어떻게 알아?"

"응? 그게… 소리가 바뀌었잖아. 음악 소리 대신 차 소리만 들리는데?"

순간 재훈이 당황했다.

"아, 그렇구나. 하여간 예리하다니까, 큭. 하여튼 진희가 며칠 전에 그랬어요. 이젠 자전거 그만 탈 거라고."

"그러니? 동호회도 안 나간대?"

"응. 요즘은 자기 동료들하고만 가끔 타는 수준이고, 내가 동참해 주고 있어."

"그래, 알았다. 그럼 즐거운 시간 보내라."

"뭐야, 싱겁게. 알았어요. 주말 잘 보내요."

재훈은 호철에게 철수할 것을 지시했다. 분명히 그들은 이번 주말에 접촉할 계획이 없는 것 같았다. 하긴 요즘 같은 시대에 누가 옛날처럼 만나서 무언가를 모의할까 싶었다. 휴대 전화로만 통화해도, 아니면 그냥 SNS만 사용해도 자기 같은 방첩관들을 따돌리는 건 어려운 일이 아니었다.

재훈은 기욱과 진희가 앉아 있는 카페를 뒤로하고 운전대를 잡았다. 창문을 활짝 열었다. 가만히 앉아서 무방비로 에어컨 바람만 맞다 보니 도심의 매연과 열기가 도리어 반갑게 느껴졌다. 그는 마음을 편하게 먹기로 작정했다. 하지만 그 다짐은 월요일 아침부터 사무실을 뒤집어 놓는 팀장의 고성 때문에 헝클어지고 말았다.

"이봐, 이제훈. 당신 똑바로 일하고 있는 거 맞아?"

"무슨 말씀이신지……."

"일본 측에서 해양수산부 일일 회의 결과를 상세하게 파악하고 있다는 분석 팀 보고서가 또 올라왔어. 조정위원회까지 요구해서 따낸 사건인데 왜 아직도 정보가 새 나가는 거야?"

팀장은 상당히 격앙되어 있었다. 국장에게 된통 깨진 모양이었다.

"네? 지난주 내내, 실은 주말까지도 조르게와 진희의 동향을 살폈는데 접촉이 전혀 없었습니다만……."

"그게 변명이 된다고 생각해? 민감한 정부 자료가 새나가고 있으면 무슨 수를 써서라도 막아야 할 거 아니야? 조정위원회를 요구한 난 뭐가 되나?"

재훈은 미치고 환장할 노릇이었다. 분명히 방첩 1국에서는 공작을 중지했다. 들리는 소문에 따르면 금석은 조정위원회를 마치고 자신을 바로 찾아온 사실이 알려져 근신 중이라고 했다. 유출된 회의 자료가 방첩 1국이 만들어 준 기만 자료가 아닌 것은 확실한데, 어떻게 유출되고 있는지는 파악할 길이 없었다. 팀장은 고래고래 소리를 질렀고 사무실 안 모든 직원은 숨을 죽인 채 듣고만 있었다. 몇몇이 재훈을 조심스레 쳐다보았다. 왜 이런 풍파를 일으켰냐는 원망 섞인 눈빛도 있었지만, 팀장을 이해할 수 없다는 표정이 더 많았다.

"이재훈, 내 방으로 들어와."

팀장이 소리를 지르다 지쳤는지 재훈을 자신의 방으로 호출하고는 돌아섰다. 재훈은 팀장이 이번 건에 유독 민감하게 구는 이유를 알 수 없었다. 방첩 업무 경험이 자기보다 훨씬 풍부한데 요즘 들어 무척 민감하고 조급해진 것 같았다. 조만간 진급하지 못하면 계급 정년 때문에 옷을 벗어야 한다는 건 알고 있지만, 충분히 존경받고 인정받는 팀장이 돌연 변한 것은 사실이었다.

"팀장님, 뭐 더 하실 말씀이라도……."

"문 닫고 거기 앉아."

재훈이 머뭇거리며 엉거주춤 앉자, 팀장은 웬일인지 손수 홍차 한 잔을 타서 재훈에게 건네주었다. 재훈은 어리둥절해졌다. 방금까지 격노했던 사람이 맞나 싶었다.

"이재훈, 도대체 사건이 어떻게 되고 있는 거야?"

"일단 해 볼 수 있는 건 다 해 보고 있습니다만……."

팀장은 얼버무리는 재훈을 흘끗 보았을 뿐 말이 없었다. 재훈은 홍차를 맛보았다. 바싹 말랐던 입안이 상쾌해지는 기분이었다. 재훈이 뜨거운 차를 한 모금 더 마시려 할 때 팀장이 명함을 한 장 내밀었다.

"자, 이거 받게."

"이게 뭡니까, 팀장님?"

"유명한 해커의 명함이야."

"해커요? 그런데 이걸 왜 제게……."

팀장은 사뭇 비장한 얼굴로 재훈을 바라보았다.

"방법이 없지 않은가? 국가 기밀이 새어 나가는데 잡을 방법이 마땅치 않으니 말이야. 그러니 이 해커에게 연락해서 박진희의 휴대 전화를 해킹해 달라고 하게."

"예?"

재훈은 당황했다.

"분명히 휴대 전화로 통화하고 있을 거야. 그걸 감청하게."

"하지만 해킹은 불법입니다."

"알아. 하지만 저들이 휴대 전화를 감청할 수 없다는 우리의 맹점을 이용하고 있는데 우리만 정공법으로 나갈 수는 없지 않은가? 언제까지 주변만 더듬고 있을 텐가?"

"안 됩니다, 팀장님. 해킹 사실이 알려지기라도 하면 저희는 살아날 방법이 없습니다. 잘 아시잖습니까?"

재훈은 정색하며 팀장의 제의를 거절했다. 하지만 팀장은 다시 한 번 재훈에게 해커에게 연락을 할 것을 권유했다.

"갑자기 왜 그러세요? 단 한 번도 이런 적 없으셨잖아요? 아무리 어려워도, 아무리 돌아가도 우리는 이러지 않았는데 갑자기 왜 이러십니까?"

"이번 건은 그래서는 안 될 것 같아서 하는 소리야. 국가 기밀이 새어 나가고 있어. 해양수산부의 입법 내용이나 전략이 흘러 나가면 일본이 또 어떤 계략을 만들어 낼지 몰라. 나라를 지키는 게 우선이야. 한 번쯤 해킹을 한다고 해도 아무도 모를 거야."

"나라를 지킬 수만 있다면 그것이 위법이라도 전 해낼 자신이 있습니다. 하지만 아무리 우리의 활동이 당위성과 명분이 있다고 해도 해킹을 했다가 외부에 알려지기라도 한다면⋯⋯. 저는 못하겠어요. 못합니다. 절대로."

재훈은 그렇게 대답하면서도 마음이 아팠고, 말을 마치자마자 고개를 숙였다. 팀장은 말이 없었다. 참 묘한 일이었다. 눈에 보이지 않는 무언가가 그 어떤 쇳덩이보다도 무겁게 그들의 어깨를 짓눌렀다. 정확히 말하자면 이 묘한 분위기는 그들의 마음을 짓누르고 있었다. 깊은 고민과 번뇌는 늘 가슴을 짓눌렀다. 어깨를 짓누르는 건 고작 굳은 피로 따위에 불과했다.

팀장이 재훈을 보았다. 재훈 또한 팀장을 바라보았다. 둘은 한동안 서로를 바라보기만 했다. 한참 후 팀장이 입을 열었다.

"알았네. 나가 보게."

해커의 명함

"선배님, 차 안에서 또 담배 피우려고 그러십니까?"

호철은 재훈이 창문을 조금 내리자마자 거의 반사적으로 말을 꺼냈다. 재훈은 그런 호철을 곁눈으로 슬쩍 보고는 대꾸 없이 담배를 하나 꺼내 물었다.

"참 나, 세상이 어떤 세상인데 아직도 담배를……."

"신경 꺼라."

"제가 신경 끄면 독한 담배 막 피우시려고요? 그거 좀 이리 줘 보세요."

호철은 재훈의 담뱃갑을 거의 빼앗듯이 손에 쥐고는 여기저기 살펴보았다.

"와, 니코틴이 0.65밀리그램에 타르가 6.5밀리그램이나 되네요. 아니, 담배 피우는 것도 안 좋은데 이런 독한 걸 왜 피우시는 거예요?"

"거참, 신경 쓰지 말라니까."

재훈은 호철에게서 담뱃갑을 다시 뺏고는 입에 물고 있던 담배에 불을 붙이려 하였다. 라이터 가스가 다 되었는지 불이 잘 붙지 않았다. 네댓 번을 시도한 끝에야 보일 듯 말 듯한 불이 올라왔고 겨우 담배에 불을 댕길 수 있었다.

"선배님, 차 안에서 제발 피우지 마세요. 숨 막혀 죽어요."

재훈이 담배를 입에 문 채로 창문을 모두 내렸다. 마지못해 그러는 기색이 역력했다. 도시의 소음이 차 안으로 밀려 들어왔다.

"됐냐?"

"진작 그러시지."

호철은 만족스러운 듯 대답을 했다. 그러고는 자신도 담배를 꺼내 물었다.

"아니, 담배 안 피우는 놈이 꼬장꼬장 갈구면 내가 이해라도 하지. 흡연에 목을 맨 네가 지적질을 하는 건 영 납득이 안 된다. 납득이."

"선배님, 보세요. 이 향기를 말입니다. 니코틴 0.1밀리그램, 타르 1.0밀리그램. 냄새도 적고 순하니까 건강에도 무리가 없고 얼마나 좋습니까?"

"미친 소리. 야 인마, 니코틴이랑 타르 함량 낮추려고 화학

물질 엄청 섞는 건 알고 있냐? 순할수록 안 좋은 거야. 그리고
내가 한 개비 피울 때마다 너는 몇 개비를 피우는 줄 알아? 그
냥 독한 거 하나 피워."

"근거도 없이 무슨 그런 말씀을……."

"근거까지 갈 필요도 없어. 상식적으로 생각해 봐라."

재훈과 호철은 그렇게 사이좋게 담배를 피웠다. 주차된 차
옆을 지나가는 사람들이 인상을 쓰기는 했지만 별로 개의치 않
았다. 이렇게 담배를 피우다가도 조르게가 나타나면 능숙하게
움직일 것이다.

"이놈의 담배. 니코틴 때문인지 끊을 수가 없네요."

"그게 니코틴 때문이겠냐? 담배라도 없으면 이 긴긴 시간을
어떻게 버텨? 어쩔 수 없는 거지 뭐."

"그렇게 말하면 너무 우울하잖아요."

"난 퇴직하면 이 몹쓸 담배 먼저 끊을 거야. 훈장같이 몸에
배어 버렸지만 자유인이 되어서까지 갖고 가고 싶진 않아."

재훈은 그렇게 말하고 나서 깊게 담배를 빨았고, 호철도 말없
이 연기를 뿜어냈다. 호철은 꽁초를 버리려고 재떨이를 찾았다.

"야, 밖에 버려."

"선배님, 어떻게 길가에 꽁초를 버립니까?"

"그럼 여기 버려."

재훈이 빈 종이컵을 들이밀었다. 호철은 씩 웃으면서 꽁초를

버렸다.

"담배 피우시는 분 차가 엄청 깨끗합니다. 선배님 성격도 참 복합적인 것 같아요. 하하."

호철은 재훈에게 농담 반 진담 반 시비조로 말을 했다. 그런 데 다음 순간 그의 표정이 갑자기 굳어졌다. 종이컵을 컵 홀더 에 끼우려고 고개를 숙이다가 명함 한 장이 눈에 들어왔기 때 문이다.

"선배님, 이건 지난번에 팀장님이 보여 주셨다던 그 명함 같 은데요."

"맞아. 그 해커 명함이야."

"그렇죠? 그런데 이걸 왜 가지고 계세요?"

"엊그제 팀장님 모시고 점심 먹으러 가는데 주시더라. 연락 해 보라고 말이다. 그 전에도 몇 번이나 부르셔서 만나 보는 게 어떻겠냐고 하시더라고."

"그래서 연락을 하셨어요?"

"너 같으면 하겠나?"

"아니요."

"계속 무시하고 있었어. 그런데 끝내 그 컵 홀더에 집어넣으 셨더라고."

"그럼 버리세요. 지금 버릴까요?"

"그냥 둬. 안 그래도 내일 실내 세차 맡겨서 담배 냄새 뺄 게

획이다.”

“그냥 지금 버리시지. 내일 버리나 오늘 버리나 뭐가 달라요?”

“다 깊은 뜻이 있어서 그러는 거야.”

“깊은 뜻이요?”

“나중에 팀장님이 명함 돌려달라고 하면 뭐라고 하나? 벌써 한 달째 계속 연락해 보라고 하시는데 괜히 버렸다가 무슨 난감한 꼴을 당하려고.”

“팀장님 참 너무하시는 것 같아요. 왜 그렇게 독촉하고 안달하는지 모르겠어요.”

“네가 이해해라. 팀장님 이번에 진급 못하면 아웃이야.”

“아무리 그래도 해커까지 쓰라고 하는 건 좀 아니잖아요?”

재훈은 팀장의 마음을 이해할 수 있었다. 조정위원회까지 개입한 사안이니 실적에 대한 부담이 더욱 클 것이다. 호철은 실적 때문에 방첩을 하는 거냐며 팀장에 대한 불만을 털어놓았지만 재훈은 도리어 팀장을 두둔했다. 진급을 하지 못하면 곧 옷을 벗어야 하는데, 그의 딸은 유학까지 떠난 터이니 그럴 만도 하다고 생각했다. 사실 재훈을 괴롭히는 건 독촉하는 팀장보다도 그 자신이었다. 멋지게 사건을 가져오기는 했지만, 아무런 성과 없이 시간만 흘러가고 있었다. 진희와 조르게의 만남은 중단된 것이 맞는데 계속해서 자료는 빠져나가고 있었다. 잘 추적하고 있느냐는 담당 분석관의 걱정스러운 질문도 일상화된 지 오래였다. 한여름에 휴가도 반납한 채 동향을 파악해 보려 했지만 별것 없었다. 가을이 다 되어 가는데도 성과 없는 이 상황이 그를 초조하게 만들었다.

재훈은 또다시 담배를 한 개비 꺼냈다. 호철이 잽싸게 불을 붙여 주고는 자신도 하나 물었다. 그러고 나서 둘은 말없이 앞만 바라보며 허연 연기만 뿜어 댔다. '남들 알아주는 것도 아닌데', '어떻게 잡지?', '조르게는 왜 안 움직일까?', '담배를 끊어?' 오만 가지 생각들이 담배 연기를 타고 나타났다 사라지기를 반복했다.

'노바디 노바디 벗츄.'

침묵을 깬 건 재훈의 전화벨 소리였다. 재훈은 슬쩍 차 안의 시계를 보았다. 오후 세 시였다. 전화벨이 여러 번 울렸지만 그는 쉽게 받지 않았다. 팀장의 독촉 전화일 거라 생각해서였다. 호철은 언제 적 노래를 아직도 벨 소리로 쓰냐며 피식하고 웃었다. 재훈은 호철의 말에는 아랑곳하지 않고 '노바디 노바디 벗츄'라고 흥얼거리다가 전화가 끊어지기 직전에야 끄응 하며 몸을 곧추세웠다. 그러고는 짜증이 실린 얼굴로 전화를 받았다. 하지만 재훈을 찾은 것은 팀장이 아니었다. 전화기 너머 다급한 목소리가 들려왔다.

"여보, 당신 도대체 어디서 뭘 하고 돌아다니는 거예요?"

"뭐? 왜 그러는데?"

"집에, 집에 검찰 수사관이라는 사람들이 들이닥쳤어요."

전화를 한 것은 재훈의 아내였다. 목소리가 마치 폭탄을 맞은 것처럼 급박하고 날카로웠으며 한편으로는 힘이 없었다.

"뭐야?"

재훈의 아내는 수사관이라는 네댓 명의 사내가 영장을 들이밀고는 압수 수색을 해야겠다며 온 집을 헤집고 있다고 했다. 재훈이 도대체 무슨 혐의라더냐고 물었지만 그의 아내는 모르겠다는 말만 되풀이했다.

"주말마다 계속 밖으로 나돌더니 도대체 무슨 사고를 친 거야, 당신!"

"여보, 당황하지 말고 천천히 말해 봐. 검찰이 왜 왔다는 거야?"

"몰라요. 빨리 좀 와 봐요. 여기 검찰 수사관이라는 사람이 당신을 찾아요."

어떤 이유로 검찰이 들이닥쳤는지 재훈은 알 수 없었다. 압수 수색을 당할 일은 한 적이 없다. 업무와 관련된 것은 더더욱 아닐 터였다. 어쩌면 검찰로 위장한 도둑이거나 강도일지도 모른다는 생각마저 들었다.

"호철아, 뭔가 이상하다. 미안한데 같이 좀 가자."

"예."

하지만 그때 호철의 스마트폰에 메시지가 도착했다. 호철은 메시지를 확인하고는 버럭 성질을 냈다.

"이런 미친놈이 있나."

"왜 그래?"

"선배님 죄송한데요, 일단 먼저 가시면 제가 따라서 댁으로 가겠습니다."

"뭔데? 왜 그러는데?"

"비상소집 훈련 걸렸어요. 선배님은 안 걸렸어요? 저는 M+ 45예요."

"뭐? 45분 안에 청사까지 들어오라고? 지금 이 시간에? 어떤 녀석이 이따위로 상황을 걸어?"

"옆 사무실 2년차, 그 인사 증후군이 건 거예요. 들어가면 죽여 버릴 거야. 선배님은 어서 댁으로 가세요. 저는 청사로 들어 갔다가 가겠습니다. 저번에 5분 늦어서 시말서 쓴 터라 또 늦으면 근신이에요. 죄송해요."

"이 차 가지고 갈래?"

"아니요. 택시 타고 갈게요. 십만 원 정도 주면 미친 듯이 밟아 줄 거예요."

호철은 말을 마치자마자 차에서 내렸다. 재훈은 호철이 택시를 잡으려고 뛰어가며 "이런 젠장, 스파이한테 인사나 하는 녀석이 선배를 괴롭혀?"라고 외치는 소리를 들었다. 호철도 호철이지만, 급하기는 재훈도 매한가지였다.

조바심을 내며 운전하는 내내 떨고 있는 아내의 목소리가 귓전을 떠나지 않았다. 그의 아내는 누구보다 착하고 때 묻지 않은 사람이었다. 그런 사람이 영문도 모른 채 압수 수색을 당하고 있다고 생각하니 가슴이 아팠다. 압수 수색을 한다면 건장한 수사관들이 집 안 곳곳을 뒤지고 있다는 얘기인데, 여린 사람이 얼마나 황망하겠는가? 도로는 한산했지만 재훈의 눈에는 차가 가득한 것만 같았다. 신호는 왜 그리 자주 걸리는지 속이 까맣게 타 들어갔다. 집으로 향하는 길에 팀장에게 상황을 알리려고 전화를 했지만 팀장은 받지 않았다.

한참이 지나서야 재훈은 팀장이 오늘 오후부터 휴가라는 사실을 기억해 냈다. 이 상황을 보고할 수 없으니 어떤 조치를 취할지 지시받을 수 없다는 것도 깨달았다.

분명 무슨 오해가 있으리라. 재훈은 검찰 수사관을 직접 보고 무슨 혐의로 압수 수색을 하는지 확인한 후에 사후 보고를 해야겠다고 생각했다. 일분일초가 길게도 느껴졌다. 마침내 아파트 현관 앞에 도착하니 문이 활짝 열려 있고 건장한 남자가 서 있는 것이 보였다. 집 안은 아수라장이었다.

"뭐야, 당신들!"

재훈이 소리쳤다.

"이재훈 씨?"

"그렇소."

"서울중앙지검 김동환 수사관입니다. 귀하는 정보통신망 이용촉진 및 정보보호 등에 관한 법률 제48조 위반 혐의가 있습니다. 우리는 법률이 정한 절차에 따라 귀하의 자택을 압수 수색 중입니다. 여기 영장입니다."

재훈은 수사관이 내민 영장을 꼼꼼히 살펴보았다.

"내가 누군가의 PC를 해킹이라도 했단 말이요?"

"이재훈 씨는 금전적 이득을 취할 목적으로 해커를 고용하여 피해자 박진희 씨의 스마트폰을 해킹한 후 불법적으로 피해자의 통장에서 현금을 빼돌린 사실이 있죠?"

"그게 도대체 무슨 소리요?"

"지금 그걸 나한테 묻는 거예요? 수사 과정에서 자세하게 따질 겁니다. 어쨌거나 우리는 증거를 확보했고 귀하의 혐의를 최종 확인하기 위해 압수 수색을 하는 겁니다."

수사관은 확신에 찬 표정으로 재훈에게 말했다. 그러고는 집 안에서 수색을 하던 다른 수사관을 불러 재훈에게 다시 한 번 영장을 들이밀었다.

"여기 보이죠? 우리는 귀하의 신체와 차량도 수색할 수 있습니다. 법에 따라 진행하는 것이니 이의 없으시죠?"

수사관은 재훈의 몸을 수색하기 시작했다. 수첩과 휴대 전화가 나오자 검찰이 압수하려 했지만, 재훈은 수첩과 휴대 전화는 압수 목록에 포함되어 있지 않다고 주장했다. 가벼운 실랑이가 일었지만 수사관은 무리하지 않았다. 재훈의 몸수색을 마친 수사관은 차량으로 내려가자고 했다. 재훈은 어쩔 도리가 없었다. 수사관은 운전석에 앉아 재훈의 차를 꼼꼼히 살피기 시작했다. 그 순간 몸이 떨려 왔다. 차 안에 두었던 해커의 명함이 번뜩 떠올랐던 것이다.

'아니야. 그 해커가 아닐 거야. 난 연락조차 한 적이 없어', '뭔가 잘못된 거야', '혹시……?'

재훈의 머릿속이 복잡해졌다.

수사관은 재훈의 차 컵 홀더에 있던 명함을 집어 들었다. 뭔가 단단히 잘못 돌아가고 있는 기분이 들었다. 수사관은 의미심장한 표정을 지어 보였다.

"길버트 아라베디언이라… 이름 참 독특하네요."

"……."

"이 명함에 적힌 사람, 뭐하는 사람입니까?"

"난 몰라요."

"모르는 사람의 명함을 갖고 있는 게 말이 된다고 생각해요?"

"……."

"끝났네. 희한하게도 박진희 씨 스마트폰을 해킹한 해커랑 이름이 같네요. 이재훈 씨."

"그건……."

재훈은 차마 팀장이 건네준 명함이라고 말할 수 없었다.

"통화 내역도 조회해 봤어요. 이 길버트 아라베디언이라는 사람이 010-9965-XXXX번으로 통화를 한 사실이 있던데."

그건 재훈의 번호였다. 하지만 재훈은 결코 그와 통화한 사실이 없었다. 통화 내역에 찍히다니, 잘못 들은 게 틀림없었다.

"명함을 가지고 있으니 확실하네."

수사관이 수색을 마치려 했다.

"그건, 그냥 직무상 필요해서……."

"방금 전에는 모르는 사람이라면서요. 그리고 이재훈 씨 직무가 남의 돈 몰래 빼내는 거예요?"

수사관이 버럭 소리를 질렀다. 그는 이미 재훈을 범죄자로 취급하고 있었다. 재훈은 이 상황을 납득할 수 없었다. 그는 다급히 팀장에게 다시 전화를 걸었다. 분명히 뭔가 알고 있을 것 같았다. 아니, 그래야만 했다. 명함을 건네준 것도, 해킹을 권유한 것도 팀장이었다. 차 안에 명함을 두고 내린 것도 바로 그였다. 그러니 그가 해커를 만났을지도 모를 일이었다. 하지만 벌써 출국을 했는지 전화기가 꺼져 있었다. 해외 로밍도 하지 않은 채 나갔거나 비행기 안이거나 둘 중 하나였다.

"무슨 돈을 빼돌렸다는 거예요? 난 그 사람 진짜 몰라요."

하지만 상황은 이미 꼬였다. 재훈이 할 수 있는 거라곤 수사관을 향해 소리라도 지르며 항변하는 것뿐이었다. 막다른 골목에 몰린 가련한 짐승의 몸부림 같은 것이었다. 수사관은 가소로운지 비아냥대듯 픽 웃었다.

"며칠 있다가 이 길버드 아라… 아라베니언 만나게 해 줄 테니 그때도 그렇게 얘기해 보쇼."

수사관은 단호하면서도 비꼬는 듯한 태도로 말을 던지고는 다시 아파트로 올라갔다. 재훈의 집을 수색하던 다른 수사관들은 영장에 적힌 대로 그의 집에 있는 데스크톱 PC와 USB를 모두 압수 조치했다. 압수 물품이 제대로 밀봉되었는지 확인하자는 수사관의 말은 재훈에게 가해진 마지막 일격과도 같았다.

"이재훈 씨, 당신 신분이 확실해서 체포나 구속은 안 하는 거예요. 도망치거나 잠적하거나, 딴생각하지 마세요."

"뭔가 단단히 오해한 것 같은데……."

"오해 같은 거 없어요. 압수 수색 영장 받기가 쉬운 줄 알아요? 범증이 나오지 않으면 못 받는 거예요. 이제 이재훈 씨 소환 조사할 거니까 그렇게 알고나 있어요."

수사관들은 노상 겪는 일인 듯 순식간에 사라져 버렸다. 폭풍 같은 시간이 지나갔다. 재훈의 아내는 여전히 불안한 모습이었고 재훈 또한 발가벗은 몸으로 비바람을 맞은 듯한 기분이었다. 몸이 계속해서 떨렸다. 아무리 진정해 보려 해도 멈출 수 없었다.

함정

'꽝.'

"이런 젠장……."

재훈은 테이블을 부수기라도 할 듯 있는 힘껏 술잔을 내려놓았다. 주변 사람들이 모두 깜짝 놀라 그를 쳐다보았다. 조개구이집의 둥그런 양철 테이블이 재훈의 격한 몸짓에 심벌즈처럼 요란하게 울렸고 테이블에 놓여 있던 빈 소주병은 땡그랑하는 소리와 함께 바닥으로 떨어져 굴렀다.

"아이고, 손님. 다 부수겠어요."

종업원이 다가왔고, 다른 손님들이 있으니 조금만 목소리를 낮춰 달라고 부탁했다. 말투는 공손했지만 표정까지 좋을 리 없었다.

"네, 알겠습니다. 미안해요."

호철이 재훈을 대신해서 대답하자 종업원은 재훈을 흘끗 보고는 못마땅한 듯 돌아섰다.

"빌어먹을, 진짜 이럴 수 있는 거야?"

재훈은 다시 격앙된 음성으로 소리를 질렀다. 이성을 잃을 만큼 술을 마신 건 아니었다. 늦은 시간까지 조사를 받고 나온 터라 그럴 만한 시간도 없었다. 하지만 평소의 그가 아니었다. 종업원이 또 한 번 얼굴을 찡그렸다. 재훈과 호철은 안주가 나오기도 전에 당근과 오이만 가지고 벌써 소주를 한 병씩 비운 상태였다. 빨간색 뚜껑인 걸로 봐서 많이 마실 요량인 것 같기도 했다. 맞은편에서 회식을 하던 여남은 명의 남녀는 재훈이 한 번만 더 소리를 지르면 시비를 걸어올 태세였다. 재훈은 "아……!" 하는 한숨 반 탄식 반의 소리를 내뱉고는 빈 잔에 소주를 직접 따랐다.

"손님, 주문하신 조개모듬찜 나왔어요. 저기, 그리고 제가 주제넘을지는 모르겠지만 너무 화내지 마세요. 예?"

"아줌마, 내가 화 안 내게 생겼어요?"

"아니, 제가 그걸 어떻게 알아요? 왜 저한테 시비예요?"

맞은편 자리에 있던 손님 중 한 명이 자리에서 일어섰지만 옆에 앉은 여자가 제지했다. 불쾌한 표정의 그는 한참을 서 있었다. 여차하면 재훈에게 다가올 듯싶었다.

"하아……."

재훈이 또 한 번 한숨을 쉬고는 소주를 털어 넣었다.

"손님, 안주 뜨거우니까 아까처럼 내려치시면 크게 다쳐요. 그러니까 저기 조심해서, 이 안주 맛있으니까 많이 드시고 화 푸세요. 아시겠죠?"

재훈은 아랑곳하지 않고 담배를 꺼냈다. 호철이 실내에서 담배를 피워도 되는지 묻자 종업원은 가게가 작아서 아직은 괜찮다고 했다. 재훈은 손가락에 담배를 끼운 채로 소주병을 들어 다시 한 번 자신의 잔을 직접 가득 채웠다. 담배 연기가 피어올랐다.

"그러니까 선배님, 팀장이 모르는 일이라고 잡아뗐다는 거예요?"

"그렇다니까. 아, 씨……."

재훈은 또 잔을 비웠다.

"아니, 어떻게 그럴 수 있어요?"

호철도 술을 털어 넣었다. 둘은 도무지 안주 따위는 안중에도 없는 것 같았다. 치즈가 잔뜩 뿌려진 키조개며 피조개가 적당히 잘 익어 먹음직스러웠지만 아예 젓가락도 대지 않은 채 술만 마셨다.

"조사받는데 당연히 그 명함을 어디서 얻었냐고 묻겠지. 난 끝까지 잡아뗐어. 모른다, 왜 이 명함이 내 차에 있는지 모르겠다, 난 그 해커와 연락한 적이 없다……."

"그런데요?"

"그런데 팀장이 조사 도중에 나타났어. 그러고선 하는 말이, 국정원 요원을 조사하는데 필요한 관계 법령이나 규정을 제대로 순수했는지 따져 보러 왔다는 거야. 난 팀장이 그 명함에 대해서 뭐라고 한마디 할 줄 알았어. 그런데 검찰이 다 준수했다고 하니까 알았다면서 그냥 조사실을 나가려고 하는 거야."

"아무 말도 안 하고요?"

"그러게 말이야. 법령이나 규정이 뭔지는 설명도 안 했어. 그냥 수사관 보고 지켰냐고 물어보고는 지켰다고 하니까 '알겠습니다' 하고 나가려는 거야. 그래서 내가 그냥 가시냐고 물었더니……."

재훈이 또 술잔을 들었다.

"크으. 내가 말이야, '그냥 가시냐?' 이랬더니 '그냥 가야지 그럼 내가 여기 남아서 뭘 할 수 있겠나?' 그러더라."

"뭐라고요? 그게 명함 준 사람이 할 소리예요?"

"내가 얼마나 열을 받았는지 알겠지? 본인이 명함을 주면서 해킹해 보라고 계속 강권했었고, 차에 명함까지 두고 갔으면서……."

"그러게요."

"그쯤 되니 내가 확 돌아 버렸지 뭐. 이런 사람 믿고 지금까지 일해 왔나 싶기도 하고. 그래서 수사관한테 저 사람이 명함

건네준 사람이라고 말해 버렸지."

"와, 제대로 붙었네요."

"우리가 어떤 사람들인데……. 의리를 빼면 시체나 다름없는 방첩 판에서 지금껏 같이 굴러먹었잖아. 그런데 팀장이 뭐라고 말했는지 알아?"

"뭐라고 했어요?"

잠시 재훈의 말이 끊겼다. 술잔을 쥔 손이 부들부들 떨리고 있었다.

"법과 원칙에 따라서 처리해 달라고 하더군. 이번 일이 터져서 자신도 상부에서 직원 관리를 어떻게 한 거냐고 질책을 당했다면서, 엄정하게 수사해 달라고 말이야."

재훈은 말끝에 이를 악물었다. 호철은 어이가 없는지 허허 하며 헛웃음만 계속 흘렸다. 둘은 또다시 담배를 물었다. 키조개 위에 얹힌 치즈가 뭇거뭇하게 변해 가고 있었다. 재훈은 소주를 또 한 잔 마시고 그제야 물기가 다 마른 조개살을 집어 들었다.

사실 팀장이 조사실에 나타나기 전부터 재훈은 황당한 일을 겪고 있었다. 갑작스럽게 압수 수색을 당하고 해킹을 교사한 사람으로 몰린 것도 터무니없는데, 수사가 진행되면서 자신이 아주 잘 짜인 함정에 빠진 것 같다는 생각을 하게 되었다. 수사관은 재훈더러 해커에게 연락한 사실이 있는지 물었고, 재훈이 그런 사실이 없다고 대답하자 그가 연락한 기록이 찍혀 있는 통화 내역을 보여 주었다. 재훈은 검찰에 오기 전 자신의 휴대 전화 발신 내역을 꼼꼼히 살펴보았고, 거기에 자신이 연락한 기록이 있는 것을 발견했다. 하지만 그는 결코 해커에게 전화를 건 적이 없었다. 누군가 그의 전화기를 사용한 것이 틀림없었다.

수사관이 제시한 문서에 나온 통화 기록은 팀장이 해커와 연락을 해 보라고 처음 권유한 날로부터 이틀 뒤로 되어 있었다. 시간은 오전 열 시쯤이었는데 현장에 나가기 전 장비를 챙기느라 정신이 없을 시간이었다. 재훈은 장비를 챙기러 갈 때 휴대 전화를 책상 위에 두고 가는 버릇이 있었는데 그것을 잘 알고 있는 사람의 소행이 틀림없었다.

재훈은 해커와의 대질을 요구할 수밖에 없었다. 해커는 목소리를 확실히 기억하고 있을 것이다. 재훈의 목소리를 들으면 전화를 건 사람이 그가 아니라는 것을 입증해 줄 수 있으리라. 다행히 수사관도 둘의 대질을 준비하고 있었다. 마침내 명함으로만 보았던 길버트 아라베디언이 조사실로 들어왔다. 그는 짙은 감색 바탕에 회색 스트라이프 줄무늬가 있는 셔츠를 입고 있었다. 귀를 다 덮은 긴 머리칼은 파마를 했는지 곱슬했고 조금 밝은 갈색이었다. 눈썹은 곧고 짙었으며 늘 컴퓨터 앞에 앉아 있는 탓인지 눈 밑이 조금 퀭해 보였다. 윗입술이 조금 들려 있었고, 질겅대며 껌을 씹고 있었다. 그는 조사실에 들어오자마자 재훈을 보더니 이제야 직접 만나게 되었다며 아는 체를 했다. 재훈은 기가 막혔다.

"당신이 이재훈 씨군요. 목소리로만 듣다가 이렇게 얼굴을 보니 생각보다 젊으시네요. 돈은 잘 받았어요?"

"뭐야?"

재훈이 신경질적으로 반응했다.

더욱 가관인 것은 길버트 아라베디언의 진술이었다. 그는 재훈이 자신에게 전화를 했고 대학 후배인 박진희의 전화번호를 알려 주었다고 했다. 자기 이름을 이용하면 쉽게 해킹할 수 있을 테니 돈을 빼내서 반반 나누자고 했다는 것이었다. 수사관이 그런 사실이 있느냐고 재훈에게 물었다. 재훈은 그런 사실 없다고 대답했다.

"그런 사실이 있었는지 물었으나 그런 사실이 없다고 대답하였다. 타닥타닥."

수사관이 한 문장씩 읽어 가며 양손 검지를 이용한 독수리 타법으로 조서를 꾸몄다. 재훈은 다시 한 번 그런 사실이 없다고 말했다. 그러고는 해커에게 물었다.

"당신이 나랑 통화를 한 사실이 있다고?"

"그래요. 우리 통화했잖아요."

"그렇다면 정확히 기억하고 있겠군. 전화 속의 목소리를 말이야."

"당연하죠. 나야 전화 아니면 컴퓨터로만 사람을 만나니까."

"그러면 대답해 봐. 지금 내 목소리가 그때 통화했던 목소리와 같은지."

재훈은 마침내 혐의를 벗을 시간이 왔다고 생각했지만 그건 그의 희망 사항에 불과했다. 한참을 곰곰이 생각하던 해커가 입을 연 순간 재훈은 가슴이 내려앉는 것 같았다.

"수사관님, 맞아요. 내가 통화한 사람. 정확히 기억하고 있습니다. 지금 내 옆에 앉아 있는 사람의 목소리와 전화로 들은 목소리가 똑같아요."

재훈이 일어나 그의 멱살을 잡았다.

"너 뭐야? 도대체 나한테 왜 이래?"

길버트 아라베디언은 멱살을 잡혔음에도 얼굴색 하나 변하지 않았다. 아니, 변했다. 보일 듯 말 듯 입꼬리가 올라간 채 웃음기를 머금었던 것이다. 뭔가를 알고 있는 듯한 눈빛이 재훈을 더욱 화나게 만들었다.

"이재훈 씨, 뭐하는 거야? 당신 정신 나갔어?"

조서를 작성하던 수사관이 소리를 질렀다. 그의 고함에 재훈은 손아귀에서 힘을 뺐다. 멱살을 잡는다고 해서 딱히 좋은 해결책이 나오는 것도 아니었다.

"다시 한 번 말해 봐요. 길버트. 아니, 박우용 씨. 그러니까 확실히 통화한 사실이 있죠?"

"네."

"가명 좀 쉬운 거 써요. 길버트 아라베디언이 뭐야. 참 나."

수사관은 계속해서 타닥거리며 조서를 작성했다.

세상이 미쳐 돌아가는 것 같았다. 마치 눈을 한 번 감았다 떠 보니 다른 차원에 와 있는 것 같았다. 이건 꿈이라고 믿고 싶었지만 압수 수색을 당한 그날부터 지금까지 변한 거라곤 아무것도 없었다.

"이봐, 이재훈 씨. 그냥 순순히 인정하고 선처를 빌어 보자고. 그게 더 현실적이지 않을까?"

사실을 입증할 수 있는 방법이 재훈에게는 없었다. 더 항변해 봤자 재훈에게 유리할 것도 없었다. 재훈은 털썩 주저앉아 입을 닫았다. 조사는 재훈이 입을 닫자마자 곧 끝이 났다. 다시 소환할 거라는 수사관의 말과 함께.

검찰청사를 나서니 호철이 기다리고 있었다. 재훈의 몸은 계속 떨렸다. 처음 조사를 받아 본 데서 느낀 당혹감과 팀장에 대한 배신감, 사실을 입증할 방법이 없다는 현실의 막막함, 진실을 알아주지 않는 수사관에 대한 울분 같은 것들이 한꺼번에 몰려와 그의 몸을 떨리게 만들었다. 팀장에게 수차례 전화를 하고 문자도 보내 봤지만 반응은 전혀 없었다.

재훈은 소주를 몇 잔 더 마시고는 진희를 이용해서 기만 공작을 펼쳤다는 금석에게 전화를 했다.

"너냐?"

"아닙니다."

금석은 마치 모든 걸 알고 있다는 듯이 한 치의 망설임도 없이 대답했다.

"어쭈, 이 자식. 너 다 알고 있었구나! 공작을 빼앗긴 게 그렇게 억울했어?"

"아닙니다. 그런 것이. 지금 어디예요? 만나서 다 설명해 드리겠습니다."

"그래? 지금 당장 튀어 와!"

하지만 한참이 지나서 가게에 들어선 사람은 방첩 1국의 금석이 아닌 진희였다. 금석에게 연락을 받은 것 같았다. 그녀는 재훈을 마주하고 앉았다. 잠시 후 진희는 낮은 소리로 입을 열었다.

"어떻게 오빠가 나한테 이럴 수 있어요?"

"내가 너한테 뭘 했는데?"

술이 제법 오른 재훈이었다. 가뜩이나 황당한 상황을 겪고 난 후인데 스파이에게 협조하고 있는 진희와 마주하니 더욱 화가 났다. 나라를 배신한 것도 모자라 선배까지 함정에 빠뜨렸다고 생각하니 울분이 치밀었다.

"그래, 할 짓이 없어서 후배 스마트폰을 해킹해서 돈을 빼냈어요? 해킹을 지시한 사람이 오빠라는 이야기를 듣고 얼마나 어처구니없었는지 알아요?"

"내가 해킹을 했다고? 내가? 하하. 그런 너는 왜 나를 함정에 빠뜨렸어?"

"뭐라고요? 함정? 무슨 미친 소리예요?"

"미친 소리?"

"증거가 다 있는데도 버티는 거예요? 아니면 창피하니까 말도 안 되는 억지를 부리는 건가요? 어쩜 사람이 그래요? 사실대로 인정하고 미안하다고 하면 안 돼요?"

진희는 분에 겨웠는지 양 볼이 벌겋게 달아오르기 시작했다. 눈가에 눈물도 살짝 비치는 것 같았다.

"야 인마, 내가 왜 미안해야 하는데?"

"뭐라고요? 정말 뻔뻔하네요."

"뻔뻔? 진짜 뻔뻔한 사람은 너야."

재훈은 버럭 고함을 질렀다.

"내가 뻔뻔하다고요? 오빠는 공직자라는 사람이 할 짓이 없어서 그런 짓거리를 했어요? 국정원 직원들은 다 그렇게 뻔뻔해요?"

"야!"

재훈이 폭발했다. 그는 잔을 들어 담겨 있던 소주를 진희의 얼굴에 쏟아 부었다. 하지만 진희는 흐트러짐 없이 꼿꼿하게 앉아 있었다. 그녀는 뚝뚝 흐르는 소주를 닦아 내지도 않고 재훈을 노려보았다.

"선배님, 왜 이러세요. 진정하세요."

놀란 호철이 재훈을 붙잡았지만 이미 말릴 수 있는 상황이 아니었다.

"야, 박진희! 내가 모르고 있다고 생각해? 너, 한 나라의 공무원이라는 게……. 그 돈 조르게가 주디? 네가 헤헤거리면서 기밀을 넘기니까 조르게가 고맙습니다 하면서 줬냐고? 그래, 스파이 짓 하니까 좋아? 돈 많이 벌었어? 대답해 봐!"

"무슨 말이야? 누가 스파이라는 거야?"

진희가 소리쳤다.

"난 스파이가 아니야. 금석 씨가……."

"뭐?"

"난 금석 씨가 시킨 대로 했을 뿐이야. 오빠가 몸담고 있는 그 대단한 조직이 도와 달라고 해서."

진희는 울음을 터뜨렸다.

"잘못한 건 오빠잖아."

"맞습니다. 진희 씨는 스파이가 아닙니다."

금석이 도착한 것은 바로 그때였다.

"그리고 진희 씨의 돈을 빼돌린 사람 역시 재훈 선배가 아닙니다. 이 모든 일을 계획한 사람은……."

하지만 진희는 뒷말을 듣지 않았다. 그녀는 그곳에 더 있을 수가 없었다. 가게를 나서는 진희를 금석이 잡아 보려 했지만 소용없었다.

"스파이니 뭐니 이제 그런 소리 다시는 듣고 싶지 않아요."

진희는 금석과 재훈을 매섭게 쳐다보고는 자리를 떠났다.

용기를 내 봐

진희는 카페에 쓸쓸하게 홀로 앉아 있었다. 우울했다. 나라를 위하는 일이라는 금석의 말에 열심히 협조했건만 돌아온 건 마음의 상처뿐이었다. 어디에든, 누구에게든 기대고 싶었다. 테이블에는 따뜻한 민트차 한 잔과 스마트폰이 놓여 있었다. 진희는 조금이나마 기분을 풀려고 향긋한 민트차를 주문해 놓고도 모락모락 피어오르는 하얀 김만 멍하니 바라보았다. 카페에는 계절에 어울리지 않게 스테이시 켄트가 부른 「It Might As Well Be Spring」이 흘러나오고 있었다. 켄트의 목소리가 진희의 마음을 더욱더 가라앉혔다. 적막을 깨트린 것은 가벼운 기계음이었다.

'카톡.'

기욱이 보낸 메시지였다.

"진희야, 자니?"

하지만 진희는 그의 메시지에 반응하지 않았다. 미리보기 기능으로 메시지를 읽기만 했을 뿐 답은 하지 않았다.

'카톡.'

"너 지금 잘 시간 아닌 거 다 알아. 뭐하니?"

'카톡.'

"난 이제야 씻었어. 아, 피곤하다. 네 목소리 들으면 힘 날 거같은데."

그제야 진희는 검지를 펴서 메시지 보기를 터치했다.

'카톡.'

"완전 피곤해 보이지?"

기욱은 못난이 인형처럼 잔뜩 울상을 한 사진을 찍어서 보냈다. 뻔히 설정인 줄 알면서도 제법 우스운 표정 때문에 진희는 자기도 모르게 풋 하고 웃음을 지었다. 덕분에 조금 힘이 났다.

'카톡.'

"진희야~ 놀자~."

'카톡.'

"진짜 자냐? 에이, 뭐야. 오늘 무슨 일 있나 보구나?"

'카톡.'

"전화하려고 했는데 그럼 자라. 잘 자."

기욱은 더 메시지를 보내지 않았다. 진희는 알림음이 멈춰 버린 스마트폰 화면을 뚫어져라 쳐다보았다. 메시지가 뚝 멎으니 다시 마음이 무거워졌다. 기욱이 더 메시지를 보내 주었으면 좋겠단 생각이 들었다. 그의 메시지 덕분에 그녀가 감내해야 했던 무게가 조금은 덜어진 듯싶었다. 진희는 자신의 스마트폰에 삐삐줄이 걸려 있음을 새삼 깨달았다. 색이 바랜 플라스틱 삐삐줄엔 끊어진 고무줄을 몇 번이나 다시 이은 흔적이 있었다.

'바보, 이런 싸구려 줄을 십 년도 넘게 가지고 있었다니. 좋은 것도 아닌데……'

진희는 낡은 삐삐줄을 만지작거리기 시작했다. 최신 스마트폰과 어울리진 않았지만 아직도 알록달록한 것이 그리 나쁘지 않아 보였다. 스마트폰에는 아무도 그런 줄을 달지 않지만, 왠지 그 삐삐줄이 마음에 들었다. 보고 있으면 옛 추억이 떠올랐다.

'카톡.'

"나도 잔다. 내일 연락할게. 좋은 꿈꿔."

또다시 기욱의 메시지가 왔다. 진희는 낡은 삐삐줄을 손에 쥔 채 그동안 기욱과 나눴던 카카오톡 대화를 하나하나 천천히 읽어 보았다. 와락 눈물이 솟았다. 그들의 대화 속엔 항상 기욱의 진심이 담겨 있었다. 그리고 그녀의 마음도.

흔히 생각하는 강한 설렘만이 사랑의 전부는 아닐지도 모른다. 사랑이란 때로 요동치는 마음의 떨림이나, 불꽃처럼 타오르는 격정의 모양을 취하지 않을 수도 있다. 그처럼 격동하는 불안정한 감정은 지금껏 만나 보지 못한 새로운 사람이나 낯선 그 무언가를 접했을 때 필연적으로 찾아왔다 이내 사그라져 버리는 호기심일 뿐일 수도 있다.

어쩌면 사랑은 볼품없는 것일지도 모른다. 노상 발에 차일 만큼 흔한 들풀과 들꽃을 보고 어느 날 문득 감탄하듯이, 더는 새로울 것도 멋질 것도 없는 회색 빌딩 숲 사이로 펼쳐진 석양을 바라보다 뜬금없이 감동하게 되듯이, 평범한 일상의 어느 순간에 턱 하고 마음이 내려앉으며 누군가 못내 그리워지는 것, 늘 곁에 있어 깨닫지 못하던 이의 소중함을 보물찾기하듯 공들여 알아보게 되는 것, 그런 것이야말로 진짜 사랑일지 모른다. 수십 번 수백 번 보아 온 하루하루의 풍경이나 가식 없는 가족의 모습을 새삼 아름답다고 생각하게 되는 순간, 그 일상의 발견에 우리의 가슴은 더없이 부풀어 오르고 한없이 행복해진다. 가족과 떨어지고 나서야, 늘 한자리에 있던 사람이 떠나고 나서야 마음속에 웅크리고 있던 그리움을 알게 되듯이, 평범한 어떤 순간에 우리는 비로소 누군가를 사랑하고 있었음을 깨닫게 된다. 그러니 사랑은 일상의 발견이다. 늘 곁에 있었는데도 미처 몰랐던 것을 알게 되는 발견.

그런데도 어떤 이들은 사랑이란 늘 신선해야 하는 줄 안다.

그래서 늘 먼 곳에서 사랑을 찾곤 한다. 사랑의 진실을 모르는 이들은 습관처럼 중얼거린다. 사랑이 식었다고, 사랑이 변했다고. 하지만 사랑은 변하지 않는다. 사람이 변하는 것일 뿐.

기욱은 변한 적이 없었다. 처음 만났을 때부터 지금까지 늘 진희의 곁에 있었다. 그녀가 다른 누군가를 만날 때도, 이별에 아파할 때도, 기쁠 때도 슬플 때도 늘 그곳에 있었다. 그녀도 그런 그가 싫지는 않았다. 하지만 사랑일 리는 없다고 생각했다. 확신이 없었다. 사랑은 그런 게 아닌 활화산 같은 격정이어야 한다고 생각해 왔으니까.

"기욱아, 자니?"

'카톡.'

"어? 너 안 잤어?"

"응. 그냥 카페에서 차 마시고 있었어."

'카톡.'

"이 시간에? 너 좋아하는 드라마 하는 시간인데 안 보고?"

"오늘은 안 봐."

'카톡.'

"음… 약속 있구나. 누구 만나?"

"아냐. 그냥 혼자 있어."

'카톡.'

"무슨 일 있어?"

"아니, 무슨 일은 뭐……."

'카톡.'

"무슨 일 있구나. 너 지금 뭐 마시는데?"

"민트차."

'카톡.'

"너 진짜 무슨 일 있지? 힘든 일 있을 때면 꼭 민트차 마시잖아."

"내가 그래?"

'카톡.'

"그래. 몰랐어? 기분 좋은 날은 카페라테. 화나는 날은 아이스 아메리카노. 우울하거나 아픈 날은 민트차잖아. 어디야? 내가 지금 갈게."

"아니야. 너무 늦었잖아."

'카톡.'

"무슨 소리? 내가 아니면 누가 이 야심한 밤에 널 챙겨 주겠냐? 제발 이젠 사랑하는 사람 하나 만들어."

"피이."

'카톡.'

"네가 속상한 일 있는데 내가 잠이 오겠냐? 지금 간다."

"아니, 정말 그러지 않아도 되는데……."

한동안 기욱의 답 메시지가 없었다. 진희는 조금 불안해졌다. 하지만 오래지 않아 다시 진희의 스마트폰이 울렸다.

'카톡.'

"나갈 채비 다 했어. 어디야?"

"진짜 올 거야?"

'카톡.'

"그럼 가짜로 가니?"

"나… 지금 사당."

'카톡.'

"최고로 빨리 갈게. 지도로 어딘지 보내 줘."

진희는 카페 위치를 기욱에게 보냈다. 그러고는 메시지를 하나를 썼지만 전송 버튼을 누르지 못하고 망설이기만 했다.

'기욱아, 고마워. 나 혹시 너 사랑하는 거니?'

그녀의 망설임은 민트차가 다 식을 때까지도 계속되었다. 헐레벌떡 카페로 들어오는 기욱의 가쁜 숨소리가 들리고 나서야 그 망설임은 멈추었다. 기욱의 얼굴에는 송골송골 땀방울이 맺혀 있었다. 급하게 달려온 티가 역력했다.

"오래 기다렸지? 진짜 빨리 오려고 했는데."

진희는 키득하고 웃었다.

"왜 웃어?"

"그냥."

"너 진짜 급하게 나왔구나?"

"응?"

"티셔츠 뒤집어 입었어."

기욱은 그제야 티셔츠의 안과 밖이 바뀌어 있다는 사실을 알았다. 급하게 입느라 티셔츠가 뒤집혔는지도 몰랐다. 기욱은 재빨리 손에 들고 있던 점퍼를 입고 지퍼를 채웠지만 붉어진 얼굴까지 감추지는 못했다.

"뭐, 그럴 수도 있지. 흠."

"그래. 그럴 수 있지. 푸훗."

"그렇지."

"고마워."

"뭐가?"

"나와 줘서."

"나밖에 없지 않나?"

"응. 너밖에 없어."

"뭐라고?"

진정되고 있던 기욱의 얼굴이 다시 붉어졌다.

"너밖에 없다니까!"

"엇. 어?"

"바보, 너밖에 없다고."

진희는 기욱의 얼굴을 말없이 바라보기만 했다. 기욱은 벌을 받는 아이처럼 어쩔 줄을 몰랐다. 진희는 아랑곳하지 않고 한

동안 기욱을 물끄러미 쳐다보았다. 친구라는 이름으로 늘 기대기만 한 자신을 군말 없이 받아 준 아이, 가끔은 마음이 설레기도 했지만 친구가 가장 잘 어울린다고 생각했던 아이었다.

"오늘도 니 보고 싶었어?"

진희가 물었다.

"에이, 몰라."

기욱은 쑥스러운 나머지 주머니에서 스마트폰을 꺼내 만지작거리기 시작했다. 늘 그래 왔던 것처럼.

"전화기 보지 말고 나 보면 안 될까?"

"네가 오늘따라 이상한 거 물어보니까 그렇지."

"내가 안 물어보면 그거 안 볼 거야?"

"몰라."

진희는 쑥스러워 어쩔 줄 몰라 하는 친구 기욱의 모습과 한달음에 자신을 위해 달려 나온 한 남자의 모습을 겹쳐 보았다. 왜 대학 시절부터 지금까지 이 남자와 떨어져 지낼 수 없었는지 알 수 있을 듯싶었다. 마침내 진희는 사랑이 그렇게 뜨거워야만 하는 게 아님을 깨달았다.

'카톡.'

"기욱아."

깜짝 놀란 기욱이 고개를 들어 진희를 보았지만 그녀의 시선은 자신의 스마트폰을 향해 있었다.

"대답해 봐. 기욱."

"응."

'카톡.'

"내가 힘들 때면 민트차 마셔?"

"응, 맞아. 민트차."

'카톡.'

"어떻게 나도 모르는 걸 너는 아니?"

"그냥. 뭐……."

'카톡.'

"그럼 너 다른 동기 애들이 힘들 때 뭐 마시는지도 알아?"

"아니. 그걸 어떻게 알아?"

'카톡.'

"너 나 좋아하는구나?"

"좋아하기는 하지. 친구니까."

'카톡.'

"다른 동기들도 다 친구잖아."

"그건 좀 다르지."

'카톡.'

"그럼 그냥 친구로만 좋아하는 건 아니네?"

"그야 뭐."

'카톡.'

"피이. 그럼 날 사랑하는 건가?"

기욱은 깜짝 놀라 다시 고개를 들어 진희를 보았다. 진희의 양 볼에는 발그스레한 홍조가 올라오고 있었다. 그녀는 웃음이 가득한 표정으로 여전히 스마트폰만 보고 있었다.

"대답 안 할 거야?"

"그게……."

'카톡.'

"언제부터야?"

"뭐가?"

'카톡.'

"날 사랑하기 시작한 거 말이야."

"그러니까……."

'카톡.'

"언제부터야? 말해 봐."

"네가 나한테 삐삐줄 선물해 줬을 때부터."

'카톡.'

"꽤 오래전이네."

"응. 꽤 오래전이지."

'카톡.'

"그런데 왜 지금까지 고백 안 했어?"

"용기가 안 나서."

'카톡.'

"바보."

"맞아. 바보야."

'카톡.'

"용기를 내 봐."

"용기? 지금?"

기욱의 심장이 세차게 뛰었다.

'카톡.'

"왜? 떨려?"

"아니, 그게 아니라 좀 당황스러워서."

진희가 소리 내어 웃었고 기욱의 얼굴은 새빨개졌다.

'카톡.'

"기욱아, 잠깐만 눈 감았다가 카톡 소리 들리면 뜰 수 있어?"

"응."

"그럼 눈 감아 봐."

기욱은 눈을 감았다. 그리고 '카톡' 소리가 들리기만을 기다렸다. 하지만 그 소리는 들리지 않았다. 대신 코끝에 맑은 민트차 향이 얹혔다. 기욱은 눈을 떴다. 그 순간 진희의 떨리는 입술이 민트차 향기와 함께 기욱의 입술에 다가왔다. 용기를 내야 할 때라고 생각했다. 기욱은 떨리는 손을 뻗어 진희의 어깨를 감쌌다. 마침내 사랑이 제자리를 찾았다.

진희를 믿지 마

"재훈 선배를 함정에 빠뜨린 건 바로 선배의 팀장입니다."

"뭐라고?"

"선배 집이 압수 수색을 당한 다음 날 조르게가 출국한 사실을 알고 계신가요?"

"알아. 따라 나가려고 공항까지 갔지만 검찰이 날 출국 금지 조치했더군. 못 따라갔어. 쳇."

재훈은 늘 그렇듯이 담배를 꺼내 물었다. 언제나처럼 그의 담배는 꼬깃꼬깃했다. 주머니를 여기저기 뒤져 보았지만 라이터를 찾지 못했고 그 모습을 보던 호철이 라이터를 꺼내 그의 담배에 불을 붙여 주었다. 재훈의 담배에서 첫 연기가 피어오르고 나서야 금석은 입을 다시 열었다.

"전 탔습니다. 조르게가 탄 그 비행기를요."

"뭐?"

"휴가를 즐기려는 줄 알았어요. 조르게의 꼬리를 다시 잡은 게 하코네 유모토역이었거든요."

하코네 유모토역은 하코네 여행의 시발점이다. 우리나라 청계천 너비와 별반 다를 것 없는 그저 그런 폭의 하천이 흐르는 곳이다. 온천이 있는 탓에 흐르는 물은 초록빛을 띠고 있는데 결코 오염이 되어서 그런 것은 아니다.

"그렇습니다. 분명 휴가를 즐기러 온 사람의 모양새였어요. 조르게는 꽤 여유로워 보였습니다. 한국에서 늘 하던 역감시도 하지 않더군요. 당연했겠죠. 그곳은 자신의 본토였으니까요."

"그래?"

"유모토역에서 버스를 타고 이동한 그가 여장을 푼 곳은 텐잔 온천이었습니다. 저 역시 그곳에 여장을 풀었어요. 제 마음도 여유로워졌고 한편으론 그를 따라 그냥 푹 쉬었으면 하는 생각도 들었습니다. 그런데 정말 얼마 지나지 않아 저는 극도로 조심하고 또 조심해야 했습니다."

금석은 손에 들고 있던 생수통을 열고는 물을 마셨다. 재훈과 호철도 그 틈에 들고 있던 담배를 한 모금씩 빨아들였다. 거의 다 타 들어가서 꽁초가 되기 직전이었다. 목을 축인 금석이 입을 닦으며 말을 이어 나갔다.

"체크인을 하려는 찰나에 재훈 선배의 팀장이 나타났거든요. 젊은 여자와 함께 말이죠. 느낌이 이상했어요."

"딸이 일본에서 유학 중이에요. 딸을 보러 간다고 했어요."

호철이 재훈에게 이야기했다. 우연일 확률이 높다고. 하지만 금석은 고개를 가로저었다.

"저는 숨이 멎는 줄 알았습니다. 조정위원회 때 조명이 조금만 밝았더라도 팀장은 저를 알아봤을 거예요. 유카타로 갈아입은 조르게가 그 순간 나타나니 더더욱 긴장되더군요. 조르게는 팀장에게 자신이 어느 온천탕으로 가는지를 알려 주기라도 하듯이 무척 천천히 움직였어요. 저는 재빨리 제 방으로 올라가 옷을 갈아입었습니다. 짐 정리를 할 정신도 없었어요. 제 방 옷장에 걸려 있는 유카타를 입고 허겁지겁 조르게가 들어간 온천탕으로 갔지요. 너무 급하게 걸어서 맨몸이 다 보였겠지만 신경 쓸 겨를이 없었습니다.

어둑어둑한 온천탕 내부에서 조르게를 찾는 것은 쉽지 않았습니다. 우리나라 온천처럼 조명이 밝지도 않았고 수증기가 뿌옇게 끼어서 좀처럼 조르게를 찾을 수 없었습니다. 도리어 잘된 일일지도 모른다고 생각했어요. 덕분에 저는 샤워를 하면서 마음을 가라앉혔습니다. 생각의 길을 제가 의도하는 대로 만들기 시작한 거죠. 저는 입구에 있는 욕탕으로 들어갔어요. 조르게가 눈에 보일 때까지 움직이지 않을 작정이었습니다."

금석은 거의 삼십 분 이상을 탕 안에 앉아 있었다. 너무 더워

나가고 싶었지만 그래도 버티고 버틴 이유는 조르게를 못 찾아서가 아니었다. 조르게는 진작 찾아냈지만, 팀장이 나타나 조르게를 찾을 것만 같았기 때문이었다. 그의 예상은 적중했다. 금석은 팀장이 샤워를 하고 두리번거리는 것을 보았다. 팀장은 마침내 무슨 결정을 내린 듯 빠르게 움직였다. 그는 이내 조르게가 있는 노천탕으로 향했고, 놀랍게도 매우 여유롭게 조르게 옆으로 미끄러지듯 들어갔다.

금석은 본능적으로 팀장이 내부의 정보를 유출하고 있는 두더지라는 사실을 알았다. 그는 재빨리 욕탕에서 나와 천천히 노천탕으로 걸어 나갔다. 밖은 어두웠다. 노천탕에서 올라온 수증기와 어두운 조명이 만나 안개가 낀 것 같은 분위기를 만들어 내고 있었다. 금석의 몸은 벌겋게 달아올라 있었기에 냉탕으로 먼저 들어간 것도 그냥 자연스러워 보였다. 냉탕에서 그의 벌건 육체를 감싼 것은 정신을 맑게 만드는 차가운 기운이었다. 냉탕과 지근거리에 있는 탕에서 조르게와 팀장이 눈빛을 교환하는 것이 보였다. 금석은 머리끝까지 온몸을 냉탕 안으로 밀어 넣었다. 한국에서처럼 소리를 내지도 않았다. 금석은 몇 번이고 스스로에게 최면을 걸었다.

'나는 방첩관이 아니라 온천욕을 즐기러 이곳을 찾은 관광객이다. 나는 조르게를 알지 못한다. 나는 팀장을 모른다. 의식하지 말자.'

아주 자연스러워야 했다. 자연스럽게 일어나 조르게 근처로 다가가야 했다. 금석은 천천히 일어섰다. 물방울이 몸에서 떨어져 나갔다. 그의 눈에 조르게가 보였다. 그 옆에 팀장이 앉아 있는 것도 보였다. 금석은 입구에서 받은 작은 수건을 들고 그들이 앉아 있는 탕으로 들어갔다. 일본인처럼 보여야 했기에 그는 일본인들이 그러듯이 수건을 가지런히 접어 머리 위에 얹었다. 그러고는 조르게나 팀장 따위는 안중에도 없다는 듯 눈을 감았다. 노천탕 안으로 졸졸 흘러드는 물소리와 함께 팀장과 조르게의 대화가 들려왔다.

"다른 탕으로 가야 하지 않을까요?"

팀장이 말했다.

"아니요. 우린 한국말을 하고 있잖아요? 저 사람은 일본인이에요. 보세요."

조르게가 금석을 흘깃 보며 말했다.

"그렇군요. 그래도 혹시⋯⋯."

"괜찮아요. 여기서는 편안하게 여유를 부립시다. 한국이 아니니까요."

"알겠어요. 어쨌거나 제 딸아이의 대학원 입학을 도와주셔서 감사합니다. 아무래도 학비가 부담되었는데 미우라 씨가 힘써 주셔서 장학금도 받을 수 있게 됐어요. 덕분에 아비 노릇 제대로 했습니다."

팀장은 조르게를 잘 아는 듯 미우라라는 일본 이름으로 부르고 있었다.

"고마워하실 필요가 있겠습니까? 제가 팀장님 덕을 많이 보았지요."

"뭐 그런 걸 도움이라고. 허허."

짐짓 편안한 듯 눈을 감고 있었지만 금석의 심장은 요동치기 시작했다. 그는 냉정을 유지하려 애썼다. 금석은 탕 안으로 좀 더 깊이 몸을 밀어 넣었다. 최대한 느긋한 표정으로 온천을 즐기는 것처럼 보이려고 노력했다. 덕분에 조르게와 팀장의 조용한 대화는 또렷이 그의 귓가에 들려왔다.

"사실 저는 좀 혼란스러웠습니다. 제가 입수한 여러 정보 중에서 가장 확실하다고 생각했던 것이 미묘하게 다른 것들과 달랐거든요."

"그게, 박진희였군요."

"맞습니다. 박진희가 국가정보원과 함께 우리 일본을 기만하고 있으리라고는 상상도 하지 못했습니다. 박진희와 자전거를 타며 접선할 때마다 별도의 감시원을 두어 몇 명을 견제하긴 했지만 그녀를 의심하지는 못했어요. 팀장님이 아니었다면……."

금석은 뜨거운 탕 속에서 등골이 오싹해짐을 느꼈다.

"하하, 위기는 있었지요. 우리 내부에 조정위원회라는 게 있는데 거기서 졌다면 사건을 못 가져왔을 겁니다. 그렇게 되었더라면 보호를 해 드리고 싶어도 제가 할 수 있는 게 없었을 거예요. 하지만 운이 좋았고, 데리고 있는 직원의 방첩망에 미우라 씨가 걸린 것도 알게 되었으니 다행이지요."

"그렇습니다. 불행 중 다행입니다."

"처음에는 미우라 씨가 아닌 줄 알았어요. 제게도 조르게라는 가명을 쓰고 있다고 미리 말씀해 주셨으면 좀 더 일찍 조치를 취했을 텐데."

"그 점은 미안합니다. 하하."

"이해합니다. 이 세계가 다 그렇지요."

"덕분에 박진희가 저를 속이고 있다는 걸 알게 되었고, 팀장님께서 힘써 주셔서 잘 대처했습니다. 문제가 있다면, 저를 감시하는 사람이 있어서 운신의 폭이 좁아진 겁니다. 혹시 데리고 계시다는 직원이 아직도 저를 감시하고 있나요?"

"그건 걱정하지 마십시오. 일본으로 나오기 전에 조치를 취해 두었지요. 지금쯤 검찰에 불려 다니느라 정신이 없을 겁니다."

조르게가 상체를 세워 팀장을 바라보았다.

"검찰이요?"

"네. 다 손을 써 두었지요. 조만간 구속될 거예요. 자세히는 이야기해 드릴 수 없지만 확실합니다. 빠져나갈 수 없어요."

"어떤 조치를 취하셨는지는 모르겠지만, 한국으로 돌아가면 다시 마음껏 움직여도 된다는 말씀이신가요?"

"그렇습니다."

"어떻게 보답해야 할지요?"

이번에는 팀장이 몸을 일으켰다.

"나가서 제 딸과 저녁이라도 같이 하시는 건 어떻습니까? 함께 식사하면서 우리 딸의 진로에 대해서 들어 보시는 것도 좋을 것 같습니다. 요즘은 대학원을 마치고도 한국에서는 취업하기가 워낙 쉽지가 않아서 말입니다."

조르게가 활짝 웃었다. 무슨 의미인지 알겠다는 표정이었다. 금석은 감았던 눈을 살며시 뜨고 탕을 나서는 그들의 뒷모습을 보았다. 그런 다음 느긋하게 일어나 몸을 씻었다. 두더지를 찾았다. 이제 두더지와 조르게가 함께 있는 장면만 사진으로 남기면 증거를 잡게 되는 것이었다.

"이재훈 선배, 이제 제 말을 믿으시겠습니까?"

재훈은 금석의 말을 믿어야 할지 혼란스러웠다. 호철도 마찬가지였다.

"자넨 근신 중이었어. 그런데 왜, 무슨 권한으로 조르게를 쫓은 거지?"

"한 달 전쯤의 일입니다."

금석은 특유의 차분한 목소리로 다시 이야기를 시작했다.

거미줄 213

정확히 한 달 전이었다. 방첩 1국장이 그를 찾은 것은. 사실 국장의 호출을 받고 회의실에 들어섰을 때 금석은 적잖이 당황했었다. 국장이 방첩 2국장과 커피를 마시고 있었기 때문이었다. 무슨 말을 하려는 것인지 혼란스러웠다. 하지만 그들의 제안은 매력적이면서도 파격적이었다.

두 국장은 조정위원회를 마치고 재훈의 팀에게만 단독 활동 기회를 주었음에도 아무런 성과가 없고 조르게의 움직임이 극도로 축소되었다면서, 조직 내부에 조르게와 연계된 두더지가 있는 것 같다고 했다. 그리고 금석에게 색출해 볼 의향이 있는지를 물었다. 금석은 감사실도 있는데 정식으로 의뢰하지 않고 왜 근신 중인 자신에게 그런 임무를 맡기려 하는지를 물었다. 그러자 커피를 마시던 방첩 2국장이 그렇기 때문에 금석을 선택한 것이라고 했다. 아무도 금석을 의심하거나 견제하지 않을 것이기에 오히려 적격이라는 얘기였다. 국장은 커피를 한 모금 더 마시고는 이번 공작은 정식 공작이 아니므로 어떠한 기록도 남지 않을 것이며, 두더지를 색출하게 되면 모든 공은 감사실로 돌아갈 거라고 덧붙였다. 금석은 망설였고 두 국장은 인내심 있게 그의 대답을 기다렸다. 마침내 금석이 입을 열었다.

"공작명은 비앙키로 하겠습니다."

그의 설명을 다 듣고 나서야 재훈은 수긍할 수 있었다.

"팀장이 나를 함정에 빠뜨렸다고 했지? 사진은 찍었나?"

"여기 있습니다. 팀장과 조르게가 함께 식사를 하는 모습을 찍어 왔습니다."

금석은 한 장의 사진을 보여 줬고 재훈은 고개를 끄덕였다.

"자네 말을 조금이라도 믿긴 해야겠군."

"제가 직접 찍은 겁니다. 물론 노출될 뻔한 위기가 있었지만 무사히 넘겼어요."

"오케이. 믿어 주지. 하지만 궁금한 게 하나 더 있어."

"뭐지요?"

"팀장이 금석 씨의 기만 공작을 와해시켰고, 조르게를 색출하려던 나도 함정에 빠뜨렸다는 건 사실이라고 쳐. 그렇지만 말이야, 해양수산부의 일일 회의 내용이 일본 측에 계속 전달되고 있는 건 어떻게 설명할 텐가?"

재훈이 날카로운 눈빛으로 금석을 바라보았다. 금석은 대답하지 못했다.

"미안하지만 금석 씨. 그게 자네의 한계야. 진희를 믿지 마. 박진희는 조르게에게 정보를 제공하고 있는 이중 스파이가 맞아. 난 그걸 꼭 밝혀낼 거야. 반드시 말일세."

스파이 리하르트 조르게

온천욕을 마치고 조용한 식당을 찾은 조르게의 마음은 매우 흡족했다. 자기를 방해하던 모든 문제가 해결되었음을 알게 되었으니 당연한 일이었다. 밝지는 않지만 식사를 즐기기에 부족함이 없는 넉넉한 조명이 비치는 가게 안에는 단조로운 일본의 전통 음악이 흘러나오고 있었는데 평온한 분위기와 맞물려 제법 운치가 있었다. 그는 한국 수묵화의 기품이 여백의 미에서 나오는 것처럼 일본 전통 음악의 매력도 끊어질 듯 비어 있는 음률에 있다고 생각했다.

조르게 앞에는 연신 헤헤거리는 팀장과 이십 대 초반의 싱그러운 젊음을 지닌 그의 딸이 앉아 있었다. 온천욕을 한 직후라 그런지 모두 얼굴이 탱탱했다. 몸에는 아직 온천의 열기가 남아 있었지만 얇은 유카타만 입고 있어서 기분 좋은 노곤함을 즐기기에 충분했다. 조르게는 독방에서 식사를 할까도 생각해 보았지만 일본까지 와서 지나치게 주위를 경계하고 싶지 않았기에 홀이 있는 온천 식당을 선택했다. 그 덕에 팀장과 딸도 한층 편안함을 느꼈다. 일종의 해방감 같은 것이었다.

현대식 기모노를 입은 여인이 조르게의 테이블로 음식을 날라다 주었다. 딱 일인분씩 올려져 있는 쟁반을 각자의 앞에 놓아 주었는데 그 정갈한 상차림이 조르게는 마음에 들었다.

"팀장님, 맛있게 드십시오."

"미우라 씨도 맛있게 드세요. 괜찮으시면 사케라도 한잔할까요?"

"아닙니다. 여기서는 식사만 가볍게 하시고 제 방으로 가서 술을 한잔하시죠."

"폐를 끼치는 건 아닌지요?"

"무슨 말씀을. 다다미방에 앉아 마시는 사케 맛이 얼마나 좋은지 아십니까? 여기까지 왔으니 오늘 밤에는 편하게 마시도록 하지요."

조르게와 팀장이 담소를 나누며 식사를 시작할 즈음 사내 하나가 홀로 들어왔다. 그는 종업원의 안내에 따라 창가 쪽에 앉았다가 웬일인지 남들이 꺼리는 기둥 옆으로 자리를 옮겼다. 조르게 일행의 자리와 좀 더 가까운 위치였다. 그는 무덤덤한 표정으로 음식을 주문하고서 혼자 앉아 신문을 읽기 시작했다.

조르게는 그 사내를 보았지만, 아무렇지 않게 생각했다. 일본에는 워낙 혼자 밥을 먹는 사람이 많으니 새삼스러울 것도 없는 일이었고, 홀로 온천을 찾은 것도 이상하지 않았다. 문득 낯이 익은 것 같은 느낌이 늘긴 했지만, 아무리 떠올려 봐도 그를 만난 적은 없는 듯했다.

조르게는 다시 팀장과의 대화에 집중했다. 팀장과 딸은 대학원 입학을 도와준 그에게 다시 한 번 고마움을 표시했고, 조르게는 팀장님을 위해서라면 뭐든 못하겠냐며 손사래를 쳤다. 흥겨운 분위기가 이어지자 팀장이 도저히 안 되겠다며 건배라도 하자면서 히레사케를 주문했다. 술이 들어가자 분위기는 더 여유로워졌다.

그런데 별안간 어디선가 찰칵하는 소리와 함께 플래시가 터졌다. 식사를 하던 조르게와 팀장을 포함하여 식당 안의 모든 사람이 고개를 들었다. 기둥 옆에 앉아 홀로 식사를 하던 사내가 당황한 듯 어쩔 줄 몰라 하고 있었다. 금석이었다. 금석은 정말로 놀라 허둥거렸다. 급하게 그들을 쫓아오느라 특수 카메라 대신 스마트폰만 들고 왔는데 큰 실수를 하고 만 것이다. 분명히 탕 안에서 조르게가 그를 보았을 테고, 잘 훈련받은 그가 조금이라도 눈치를 챘다면 조르게의 안방인 이곳에서 자신의 안전을 담보할 수 없음을 금석은 잘 알고 있었다.

당황하는 금석의 모습을 본 조르게는 고개를 갸웃거렸다. 분명히 낯이 익었다. 어디선가 만난 적이 있는 사내였다. 갸우뚱거리는 조르게를 본 금석의 등골에 식은땀이 흐르기 시작했다. 금석은 벌떡 일어섰다. 그러고는 일본 사람들이 그러하듯이 구십 도 이상으로 몸을 숙여 큰 소리로 "스미마센, 고멘나사이"라고 말하며 식당 안의 사람들에게 사죄의 인사를 했다. 그러고 나서 벌게진 얼굴로 자리에 앉았다가 식사를 다 마치지도 않고 자리를 떠 버렸다.

"일본 사람들은 참 예의가 바릅니다."

그 어색한 순간을 끊은 것은 팀장이었다.

"네?"

"방금 보셨잖아요. 플래시야 사진을 찍다 보면 터질 수도 있는데, 그렇게 정중하게 사과를 하더니 그것도 부족해서 자리를 떠나고 말았잖아요."

"그렇지요. 그게 일본이지요."

"이런 건 저희 한국 사람도 배워야 할 텐데 말입니다."

팀장의 말이 끝나기 무섭게 조르게는 무릎을 쳤다. 그를 어디서 만났었는지 드디어 떠올랐기 때문이다.

'맞아. 방금 전 같은 탕에 앉아 있던 사람이었어. 역시 일본인들은 예의가 발라. 그런 것이 일본이지. 우매한 한국 사람들과는 차원이 달라. 일본을 선택한 건 탁월했어.'

독일인 조르게가 일본 국적을 택한 것은 불과 몇 년 전이었다. 그는 세상에는 강한 민족, 우수한 민족만 남아 인류의 생존을 모색해야 한다고 생각했다. 그런 의미에서 히틀러는 그의 영웅이었고 나치는 그 이상을 실현하고자 노력한 선구자였다. 2차 세계대전은 거룩한 전쟁이었고 아우슈비츠의 학살도 불가피한 일이었다.

위대한 독일을 부활시키는 것. 그는 그것을 자신의 숙명이라고 생각했다. 그런 까닭에 신나치주의 노선의 독일 정당에 가입하기도 했었다. 하지만 독일은 별 볼 일 없었다. 끊임없이 전쟁을 사과했고 거룩한 나치를 범죄 집단으로 매도했다. 야비한 민족인 유대인들을 향해 무릎을 꿇고 용서해 달라고 간청하기도 했다. 조르게는 견딜 수 없었다. 나약한 조국 독일에 점점 더 회의를 느꼈다.

조국에 대한 실망이 조르게를 짓누르고 있을 때 일본을 찾은 것은 새로운 희망을 품게 된 계기가 되었다. 야스쿠니 신사의 전쟁박물관 유슈칸을 둘러본 후 그는 조금의 망설임도 없이 일본으로 귀화하리라 마음먹었다. 가미카제 자살특공대원의 동상, 야마토 전함의 포탄, 제로센 전투기의 아름다움에 매혹되었다. 246만 명의 전몰자를 신으로 떠받들고 있다는 사실 자체가 참으로 감동적이고 위대해 보였다. 더군다나 일본이 점령했던 한국과 태평양의 섬들을 아직도 자기 영토인 것처럼 지도 위에 그려 둔 기백도 마음에 들었다.

조르게는 일본이 2차 세계대전에 대해 사과하지 않는다는 사실을 알게 되었다. 나치기와 다를 바 없는 욱일승천기는 여전히 일본 자위대의 정식 깃발이며, 일본의 정치인들은 미국이 채워 버린 족쇄인 평화헌법을 개정하기 위해 혼연일체가 되어 움직이고 있었다. 조르게에게 그것은 희망이었다. 예의 바른 국민들이 모여 있는 국가, 과거를 부끄럽게 생각하지 않는 당당한 나라 일본을 통해서라면 미개한 민족 따위는 이 세상에서 다 쓸어버릴 수 있을 것 같았다. 자신이 힘을 보태 그 숭고한 사명을 이뤄 낼 수만 있다면 조국인 독일도 반성할 것 같았다. 그리하여 조르게는 일본으로 귀화했고 마침내 미우라 고로라 불리는 일본인이 되었다. 일본은 그런 그를 놓치지 않았다.

"미우라 씨. 무슨 생각을 그렇게 골똘히 하시나요?"

팀장이 물었다.

"아, 결례를 범했군요."

"아닙니다. 그럴 수 있지요."

"사실 팀장님과의 호칭 문제를 고민했습니다."

"호칭이요?"

"그간 저를 여러 가지로 도와주셨고 앞으로도 많은 부탁을 드려야 하는데……"

"그런 건 부담 갖지 말고 편하게 부르세요. 하하."

"제가 편하게 부르면 팀장님도 편하게 대해 주시겠습니까?"

"당연하지요!"

"그럼, 저보다 나이가 많으시니 형님이라고 부르겠습니다."

"예? 형님이요?"

"네. 형님 말입니다. 형님, 앞으로도 질 부탁드리겠습니다."

"이런, 형님이라. 생각지도 못했는데요."

"형님이 아우에게 존댓말 하는 법이 어디 있습니까? 편하게 대하십시오."

"아무래도 그건……."

"괜찮습니다. 제가 그러고 싶습니다."

"아… 그럼, 다음에 만날 때부터 그러는 것으로 하지요."

"왜요? 그냥 지금부터 편하게 부르세요."

팀장은 슬쩍 옆자리에 앉아 있는 딸의 표정을 보았다. 딸은 그냥 웃기만 했다. 팀장은 딸아이 앞에서 잘생긴 외국인이 자신을 형님이라고 부르자 우쭐하는 마음도 들고 멋진 아빠가 된 것 같은 기분도 들었다.

"형님?"

"그… 그러지요. 아니, 그러지."

"네, 형님. 이제 형제가 된 것을 축하하는 의미에서 건배 한 번 하시죠."

"그래, 아우. 건배하자."

조르게와 팀장은 활짝 웃으며 건배를 하고 술을 마셨다. 팀장은 기쁨을 주체하지 못하고 한 번에 술을 다 들이켰다.

'미개한 한국인. 한국인들은 형님이라는 소리만 하면 모든 걸 다 들어주지. 역시 없어져야 할 민족이야.'

조르게는 일본인이 되고 난 직후 일본 정보기관 요원이 찾아와 제안을 했던 순간이 새삼 떠올랐다. 마음은 흥분되었고 가슴은 떨렸었다. 마치 어린아이가 산타클로스를 기다리다 지쳐 잠들었다가 아침에 선물 꾸러미를 발견하고는 환호성을 지르는 것과 같은 심정이었다.

도쿄의 한 골목에서 일본의 정보요원이라는 자가 조르게의 걸음을 막아섰다. 그는 조르게를 검은색 밴으로 안내하고는 진지한 목소리로 제안을 했었다.

"독일인, 아니 이제는 일본인이 되신 미우라 고로 씨지요? 당신을 계속해서 관찰하고 있었습니다. 괜찮으시다면 같이 일해 보는 것은 어떨까요? 대업에 동참해 주셨으면 합니다."

"대업이라고요?"

"네. 대업이지요. 열등한 민족을 없애는 일 말입니다."

조르게의 가슴은 요동쳤다.

"미우라 씨, 우리 일본 옆에는 열등한 조센징들이 득실거립니다. 물론 한때 우리가 지배하면서 교화도 해 보려고 했지만⋯⋯."

"당연히 도와야지요."

일본 정보 요원의 말을 끊으며 조르게가 기쁜 목소리로 화답했다.

"제가 기다리던 일입니다."

마침내 기회가 찾아왔다. 조국을 버리고 일본 국적을 취득하려던 이유도 그 때문이 아니었던가? 조르게는 맞은편에 앉아 웃고 있는 팀장을 보며 자신이 일본을 위해 일하게 되었던 그 순간을 상기하고 또 상기했다. 그리고 가슴을 있는 대로 쫙 폈다. 한국인 따위가 내 의도를 알아차릴 수 있겠냐는 자신감과 역시 열등한 민족 열등한 국민이라는 모멸을 단번의 동작으로 표현하고 싶었던 것이다. 아무것도 모른 채 "동생, 멋있어"라고 이야기하며 헤헤거리는 팀장의 말은 자신을 숭배하는 찬양처럼 들렸다. 조르게는 마음속으로 힘껏 소리쳤다.

'드디어, 위대한 스파이 리하르트 조르게의 시대가 왔다. 위대한 스파이의 시대가!'

충성할 권리

사진이었다.

출근 중인 팀장의 발걸음을 멈추게 한 것은 한 장의 사진이었다. 살을 찌르는 듯 날카로운 한여름 햇살이 사라지고, 출근 시간의 공기도 조금씩 선선해지고 있었다. 계절은 어느덧 또다시 옷을 갈아입고 있었지만, 그를 멈춰 세운 건 그런 시간의 흐름이 아니었다.

재훈의 손에 들린 한 장의 사진에 그는 석상처럼 그 자리에 굳어 버렸다. 사진에는 조르게와 팀장, 그리고 그의 딸이 마주 앉아 식사를 하고 있는 모습이 찍혀 있었다. 팀장 앞에 버티고 선 재훈은 아주 천천히 사진을 들어 올렸다.

"어······."

팀장은 한참 동안이나 재훈이 들고 있는 사진을 응시했다.

눈을 커다랗게 부릅떴지만 동공은 아주 작게 축소되었다. 심박이 빨라지고 손바닥에는 땀이 나기 시작했을 것이다. 벌어진 입술이 조금씩 말라 가는 것이 보였다. 그는 아무 말도 못하고 그저 "어, 어"를 반복하고 있을 뿐이었다.

"팀장님, 설명을 좀 해 주셔야겠습니다."

사진을 들고 있는 재훈의 뒤에는 호철과 금석이 서 있었다. 출근 시간에 급하게 사무실로 들어가던 직원들이 힐끗힐끗 그들을 쳐다보았다. 팀장은 마치 도움이라도 바라듯 자신의 옆을 스쳐 지나가는 직원들을 향해 무의미한 손짓을 해 보았지만, 자신의 업무 외에는 알고 싶어 하지 않는 국정원 직원들답게 아무도 바쁜 걸음을 멈추지 않았다. 팀장은 멈칫멈칫 뒷걸음을 쳤다.

"이 사진에 대해서 설명 좀 해 주시죠."

재훈은 팀장에게 한 발씩 다가서며 다시 재촉했다. 그러자 조금씩 팀장의 뒷걸음질이 빨라졌고 재훈과 호철의 표정은 점점 더 일그러졌다.

"그 사진은… 어, 어……."

"뭐라고 말 좀 해 봐요!"

호철이 소리쳤다. 그러자 팀장은 화들짝 놀라며 엉덩방아를 찧었다. 거의 동시에 재훈이 팀장을 잡으려 하였지만 팀장은 몸을 돌려 달아나기 시작했다. 그런 팀장을 보며 재훈은 허탈

한 웃음을 지었고 호철이 반사적으로 팀장을 쫓기 시작했다. 퇴직이 얼마 남지 않은 팀장이 한창때인 호철을 따돌릴 수 없을 것이 뻔했기에 재훈과 금석은 그냥 자리에 서서 그들의 모습을 지켜보기만 했다. 그러나 재훈과 금석의 방심은 와장창하는 시끄러운 소음에 무너졌다.

팀장의 차가 출근 중인 다른 차의 옆을 들이받은 후 재훈과 금석의 앞을 지나갔고, 호철은 절뚝거리며 그 뒤를 따라 달리고 있었다.

"이런!"

재훈과 금석은 뒤늦게 팀장을 뒤쫓았다. 그들은 각자의 차를 향해 전력으로 달리기 시작했다. 이성적 판단에 따른 것이라기보다는 먹이를 쫓는 맹수와도 같은 본능적인 습성이었다.

'끼이이익.'

재훈의 차가 요란한 소리와 함께 스키드 마크를 남기며 급하게 출발했다. 이미 재훈의 시야에서는 팀장의 차가 사라졌지만 출구는 어차피 한 곳뿐이었다. 모퉁이를 돌자마자 절뚝거리는 호철의 모습이 보였다.

"호철아, 어서 타."

호철이 찡그린 표정으로 급하게 재훈의 차에 올랐고 재훈은 미처 차 문을 닫기도 전에 출발했다. 호철은 어어 하며 땅에 끌리는 발을 겨우 올려놓았다. 하지만 재훈은 아랑곳하지 않고 있는 힘껏 액셀을 밟았다. 금석의 차가 자신의 차를 추월하여 팀장을 쫓는 모습이 보였다.

재훈은 팀장을 놓칠까 봐 마음이 조급했지만 차로 가득 찬 도심의 출근길에서 팀장은 그리 멀리 도망가지 못했다. 그 덕인지 늦게 추격을 시작한 재훈의 시야에도 저 멀리로 팀장과 금석의 차가 보였다. 재훈은 과감하게 인도로 차를 몰았다. 행인들의 비명과 고함 소리가 차 뒤를 따랐다.

막힌 길이었지만 팀장의 운전은 수준급이었다. 약간의 틈만 보여도 그는 무자비하게 혼잡한 차들 사이를 끼어들어 가며 앞으로 나갔고, 바로 뒤에는 금석이 팀장의 꼬리를 바싹 물고 있었다. 팀장은 금석이 뒤에 붙은 사실을 알고 있는지 곡예 운전을 하며 도주했지만 금석을 쉽게 따돌리지 못했다. 팀장의 차는 좀 전의 사고 때문에 상태가 좋지 않은지 이미 연기가 피어오르기 시작했다.

팀장은 중앙 분리대를 넘어 유턴을 시도했다. 상대적으로 지체가 많이 풀린 반대쪽 차선이 더 좋은 도주로라고 판단한 것 같았다. 중앙 분리대의 높이 때문에 차 밑바닥의 파편이 떨어져 나갔다. 금석도 유턴을 시도하려 했지만 갑작스러운 팀장의 방향 전환에 당황한 듯 즉각 대응하지 못했다. 이 모습을 조금 떨어진 곳에서 지켜보던 재훈은 일말의 망설임도 없이 운전대를 틀었다. '꽈직' 하며 차 아래쪽이 긁히는 소리가 들렸지만 개의치 않았다. 재훈 역시 중앙 분리대를 넘은 것이다. 그러고는 팀장의 차를 향해 정면으로 돌진했다.

'콰앙.'

팀장의 차에서 연기가 솟았다. 부서진 차에서 엉망진창이 된 몰골로 팀장이 기어 나오기 전까지 도로에는 잠시 정적이 흘렀다. 하지만 팀장의 도주가 다시 시작되자 또 한 번 아수라장으로 변했다. 차를 버린 팀장이 차들 사이로 달리기 시작한 것이다.

"거기 서요. 제발 서!"

"나 그냥 가게 내버려 둬. 저리 가."

팀장은 다리를 질질 끌며 달렸다. 그는 끊어질 듯 말 듯 가느다란 목소리로 재훈을 향해 넋이 나간 사람처럼 소리쳤다. 하지만 그가 인도에 발을 올리는 순간 호철이 덮쳤다.

"가게 해 달라고. 제발."

팀장은 소리를 질러 보았지만, 더는 저항할 힘이 없었다. 다 끝났다는 절망감이 그의 육체에 남아 있던 모든 기운을 빼앗아 간 것이다. 재훈은 그의 멱살을 잡아 흔들며 격하게 소리쳤다.

"왜 그랬어요? 왜요? 왜 나를 함정에 빠뜨린 거예요?"

하지만 이미 눈동자가 풀린 팀장은 아무 말도 하지 않았다. 마치 헝겊 인형이 흔들리듯 그의 몸은 재훈의 성난 팔을 따라 앞뒤로 맥없이 팔랑거렸다.

"한평생 나라를 위해 일했잖아요? 그런데 어떻게 일본 스파이를 위해 배신할 생각을 했어요? 예? 대답해 봐요. 제발……."

재훈은 마른입에서 침이 심하게 튀어나올 정도로 고래고래 고함을 질렀다.

"우린 나라를 위해 충성하는 사람들이잖습니까? 남들이 알아주지 않아도 죽어서도 별 하나로만 남아야 하는 명예로 살아왔는데, 다른 사람도 아닌 방첩팀장이 왜요? 예? 말 좀 해 봐요."

"명예?"

마침내 팀장이 힘없이 입을 열었다. 여전히 눈동자에는 초점이 없었다.

"명예가 있었지. 남들이 알아주지 않아도, 아니 아무도 알지 못해도 이 나라를 위해 헌신한다는 명예, 그 망할 놈의 명예를 먹으며 한평생을 살았어. 자네, 내 딸 알지? 그 아이가 초등학생 때 나한테 뭐라고 그랬는지 아나? 아빠는 일요일 밤에만 오는 사람이냐고 하더군. 그래, 평일엔 새벽부터 늦은 밤까지, 휴일에도 스파이를 쫓아 전국을 돌아다녔지. 아내에게는 매일 미안하다고 사정사정해야만 했어. 딸아이가 갓난쟁이였을 때는 새벽에 출근하기 전 조심스레 방문을 열고 기저귀를 갈고 있는 아내와 눈을 맞추는 것으로 인사를 대신했고, 늦은 밤 집에 들어가서는 곤하게 잠든 딸아이의 볼에 입을 맞추는 것이 그 아이에 대한 내 사랑을 표현하는 유일한 방법이었어. 아이가 다 클 때까지 말일세. 왜 가정도 돌보지 않고 일을 했냐고? 난 방첩관이야. 아무도 모르지만 이 나라를 어떻게 해 보려는 외국 스파이를 잡아내는 자랑스러운……. 그 쓸데없는 명예를 먹고 살아가는 방첩관에게 그건 당연한 일이었어.

하나밖에 없는 딸아이가 내 직업을 알게 된 건 아내의 장례식 때였다네. 환하게 웃고 있는 아내의 영정 사진 앞에서 난 고등학생이 된 딸아이와 멍하니 앉아 있었지. 그때 그 아이가 내게 물었어. '아빠는 뭐하는 사람이에요? 왜 늘 그렇게 바빠요?'라고. 난 그제야 아이에게 아빠는 국가정보원 직원이라고 말했다네. 무슨 일을 하는지는 말해 줄 수 없지만 나라를 지키기 위해 노력하고 있다고. 아이는 그 말을 듣더니 한참 동안이나 말이 없었어. 그냥 나를 바라보기만 하더군. 그러더니 통곡을 하면서 '아빠가 원망스러워요. 엄마가 암에 걸린 것도 모르고 밤낮으로 일만 한 아빠가 엄마를 죽인 거예요'라고 소리쳤지.

딸아이는 나를 용서한다는 말을 단 한 번도 하지 않았어. 더 이상 원망하지 않을 거라는 말도 하지 않았지. 장례식을 마치고 나서 세상에 단둘만 남았지만 여전히 대화는 많지 않았어. 하지만 난 알 수 있었다네. 그 아이가 날 용서했다는 걸, 이해하려 노력한다는 걸 말이야. 여전히 나는 주말도 없이 일하고 매일 늦었지만 아이는 혼자 잘 커 주었어. 대학을 정하기 위해 딸아이의 선생님을 만났을 때 그러더군. '아빠를 많이 자랑스러워합니다. 아빠 같은 사람이 되고 싶다고 자주 이야기해요'라고. 그런데, 그랬는데……."

초점이 풀린 팀장의 눈에서 눈물이 흐르기 시작했다. 그의 목소리는 떨리지 않았다. 그저 하염없이 눈물만 흘렀다.

"잔인한 작년 겨울, 그 일이 터지자마자 난 갑자기 파렴치범이 되었어. 정확히 말하자면 나뿐만 아니라 자네 그리고 호철이, 우리 모두가 파렴치범이 되었지. 아무리 우리는 정치와 무관하다고 외쳐 보아도 세상의 시선은 싸늘하기만 했어. 물론 나도 잘 알아. 그 일로 얼마나 많은 국민들이 실망하고 상처 입었는지……. 내 딸, 내 생명 같은 그 아이도 나보고 그러더군. 어떻게 그럴 수 있느냐고, 지금껏 그런 짓이나 하고 다니느라고 가족도 내팽개치고 엄마가 죽어 가는 것도 몰랐느냐고. 실망을 넘어 절망감에 젖은 딸아이의 얼굴을 차마 쳐다볼 수도 없었어. 그래서 난 부끄럽게도 내가 무슨 일을 하는지 말해 버리고 말았네. 아빠는 방첩을 한다고, 우리나라에 들어와 있는 스파이를 잡는 일을 한다고, 이 나라에는 음흉한 외국인 스파이들이 아주 많다고 말이야. 아빠는 그런 사람이 아니라고 몇 번이고 이야기했네."

재훈과 호철 그리고 금석은 아무 말도 하지 못하고 그의 이야기를 듣고만 있었다.

"그런데 딸아이가 방첩이라는 말을 처음 들어 본다고 하더군. 말도 안 되는 소리 지어내지 말라고, 그런 게 어디 있냐면서 말이야. 자기 주위에도 외국인 친구들이 얼마나 많은데, 도대체 우리나라에서 무슨 외국인 스파이를 잡아낸다는 거냐고. 부끄러워하기는커녕 이젠 난생처음 들어 보는 단어까지 들먹여 가면서 딸인 자기마저 속이려는 거냐고. 내가 아무리 설명하려 해도 듣지 않더군.

그러더니 자기는 유학을 갈 거니까 찾지 말라고 했어. 다 알아서 할 테니 돈도 보내지 말라더군. 그러곤 정말로 일본으로 떠나 버렸어."

"아무리 그렇다고 어떻게 나라를 배신합니까?"

재훈이 팀장을 다그쳤다.

"자넨 잘 모를 거야. 나에게 방첩이 어떤 의미였는지…… . 방첩은 대한민국 국민 모두가 모른다고 해도 과언이 아닌, 어쩌면 우리만 아는 음지 중의 음지에서 수행하는 임무야. 나에게 방첩이란 나라를 위한 충성과 같은 의미였네. 그리고 그 충성은 내가 국정원 직원이라서 월급 값 하려고 마지못해 수행하는 의무가 아니라 내가 방첩관이 아니었다면 누릴 수 없었을 소중한 권리, 바로 충성할 수 있는 권리였단 말일세. 그런데 하루아침에 나의 소중한 권리가 만인의 비웃음거리가 되었어. 그래,

그건 참을 수 있었어. 어차피 우리는 우리를 드러내지도 못하고 우리 일을 자랑해서도 안 되니까. 하지만 자네의 소중한 권리를 가족마저도 조롱한다면 자넨 참을 수 있겠나? 짓밟히고 뭉개져도?"

재훈은 아무 대답도 하지 못했다.

"그땐 하나뿐인 딸의 사랑을 되찾는 게 더 중요했네. 혼자 아이를 키우는 동안 날 버티게 해 준 건 그 아이의 존재 그 자체였어. 말은 하지 않았지만 날 자랑스럽게 생각했던 아이……. 그래서 나는 더욱 바른 사람이어야 했네. 어떻게든 인정을 받아야 했어. 내가 평생을 바친 방첩이라는 업무의 소중한 가치와 그 숭고한 충성의 권리를 내 딸에게만큼은 인정받아야 했던 거야.

그런데 아이는 떠났어. 날 혐오스럽게 바라보면서 말이야. 게다가 난 곧 퇴직해야 한다네. 일생을 바보처럼 일에만 매달렸는데 망할 계급 정년이 다 되었다고 하더군. 아내가 죽고 난 후 혼자 아이를 키우다 보니 남은 거라곤 빚이 잔뜩 있는 오래된 아파트 한 채뿐이야. 게다가 사회 어디 가서도 이 경력은 써먹을 수 없어. 하지만 중요한 건 돈이 아니야. 돈 따위가 무슨 의미가 있겠나? 하나뿐인 가족을 잃는 것보다 가난이 더 비참하지는 않아. 난 그저 딸에게 다시 인정받고 싶었을 뿐이야. 아이를 일본에 있는 좋은 대학원에 넣어 주고, 아르바이트 하지 않고 학업에 전념할 수 있게 해 주고, 멋진 직장도 알아봐 주면서……. 남들처럼 힘 있고 돈 많은 아빠라도 되어서 아이의 사랑을 되찾고 싶었어."

팀장은 흐느꼈다.

"흑, 지금 아내가 내 모습을 보고 있다면 뭐라고 할까? 이봐 재훈이, 내가 한 행동이 잘못이라는 거 알아. 난 잘못된 선택을 했어."

"아이 씨, 진짜!"

호철이 소리쳤다.

"난 이제 끝났어. 처벌을 받을 테고, 아이에게도 버림받을 거야. 완전히 끝났어."

팀장이 여전히 멱살을 풀지 않은 재훈의 손을 잡았다. 그러고는 재훈의 눈을 똑바로 바라보며 말을 이었다.

"난 잘못된 선택을 했지만, 그래서 날 용서하지 못하겠지만 이 마음속엔 아직도 일말의 양심은 남아 있네."

"무슨 말을 하려는 겁니까?"

"난 해양수산부의 회의 내용이 어떻게 유출되었는지를 추적할 수 있는 단서를 알고 있어."

"뭐라고요?"

"그 단서를 알려 주면 날 용서해 주겠나?"

"이젠 나와도 흥정을 하려는 겁니까? 그런다고 나라를 배신한 죄를 지울 수 있는 건 아닙니다."

"후훗."

팀장이 재훈을 보며 기운 없이 웃었다.

"처벌을 피할 생각은 없네. 마땅히 죗값을 치러야 하겠지. 날 용서해 달라는 건 면책을 해 달라는 얘기가 아니네. 난 자네가 나를 한평생 나라를 위해 일한 방첩관 선배로 기억해 줬으면 하네. 죽는 날까지 나를 배신자가 아니라 슬픈 선택을 할 수밖에 없었던 방첩관으로 기억해 줄 수 없겠나? 그게 내가 자네에게 바라는 용서일세."

재훈이 어금니를 꽉 깨물었다. 화가 나서인지, 다른 이유 때문인지 알 수 없었다.

"용서해 드리겠습니다."

재훈이 떨리는 목소리로 말했다.

그러자 팀장이 환하게 웃었다. 아이 같은 웃음이었다. 만신 창이가 된 얼굴에 꾸밈없는 안도감이 가득 묻어났다.

"해커에게 박진희의 스마트폰을 해킹하라고 내가 지시했네. 물론 자네가 자리를 비운 사이에 자네의 전화기를 이용했지. 해커에게는 몇 개월 감옥에 다녀오면 두둑한 보상을 해 주기로 했어. 그런데 해킹에 성공하고 난 후에 이런 말을 하더군. 박진희의 스마트폰에 누군가가 해킹 툴을 이미 심어 두었다고 말이야."

"뭐라고요? 해킹 툴이라니요?"

"녹음 어플이라고 했어. 숨겨진 어플인데 매일 일정한 시간이 되면 작동하게 설계되어 있다더군. 아마도 회의 내용을 녹음하려 했겠지."

"역시 박진희가 스파이였군."

재훈이 금석을 슬쩍 쳐다보았다. 하지만 팀장은 고개를 절레절레 저었다.

"아니야. 박진희는 아니야. 박진희가 스파이라면 굳이 자신의 스마트폰에 해킹 어플을 깔 리가 없지. 그냥 녹음해도 눈치챌 사람이 없을 텐데 뭐 하러 그런 어플을 깔겠나?"

"맞아요. 선배. 이젠 제 말을 믿으세요."

금석의 말에 재훈은 팀장을 향해 누가 조르게를 돕는 범인인지 말하라고 재촉했다.

"그건 나도 모르네. 그래서 단서라고 했던 거야. 그 해킹 어플은 배터리의 방전을 막기 위해 실시간 전송은 안 되게끔 만들어져 있다고 했어. 스마트쉐어 기능을 이용한 전송만 가능하다고 하더군."

재훈의 눈빛이 번뜩였다.

"스마트쉐어?"

"선배님, 그건 흔히 DLNA라고도 합니다. 디지털기기 간의 자체 네트워크인데, 쉽게 말하면 스마트기기끼리 데이터를 주고받는 거예요."

호철이 말했다.

"블루투스 같은 건가?"

"비슷해요. 하지만 다른 점이 있습니다. 블루투스는 파일을 보내려는 사람의 승인과 받으려는 사람의 승인이 모두 필요해요. 서로가 파일을 주고받는다는 사실을 알고 있어야 하죠. 하지만 스마트쉐어 같은 DLNA는 한번 링크가 걸리면 상대의 동의를 구할 필요가 없어요. 쉽게 말해 링크가 걸린 기기가 근처에 있다면 마음대로 파일을 가져올 수 있는 겁니다."

재훈은 짜증 섞인 표정을 지었다. 그러고는 호철을 향해 그게 무슨 뜻이냐고 재우쳐 물었다.

"만약 제 스마트폰이 박진희의 스마트폰과 링크되어 있고 제가 박진희와 같은 와이파이 존에 있다면 박진희 스마트폰 안의 파일은 모두 가져올 수 있다는 겁니다. 그녀도 모르게 말입니다."

"그렇지. 박진희 주변 인물이어야 해. 가까운 인물, 그녀를 자주 만나는 인물 말이야. 그런데 자네의 상황 보고서에는 그녀의 주변 인물에 대한 보고가 없더군. 그래서 나는 조르게를 돕고 있는 제3의 인물을 추론할 수가 없었네."

팀장의 마지막 말과 동시에 재훈이 주저앉았다.

"이런, 혹시… 혹시 그 녀석이……."

이별

아름답다.

다른 어떤 단어로 가을을 표현할 수 있겠는가. 햇살은 부드럽고 불어오는 바람 또한 한없이 상냥했다. 짙푸른 빛을 뿜내던 무수한 이파리들이 서서히 아름다운 색의 옷을 꺼내 입기 시작했다. 붉게 물든 가을 잎은 투명한 듯 투명하지 않으며 짙은 듯 짙지 않았다.

은행잎은 또 어떤가. 거리를 덮은 은행잎과 아직 떨어지지 않은 그 쓸쓸한 잎사귀들은 풍경을 노란 파스텔 톤으로 장식했다. 이 계절이 더 깊어지면 사람들은 옷깃을 여미고 떨어진 낙엽이 내는 바스락거리는 소리를 발끝으로부터 들을 것이다. 삶의 고단함을 모두 이겨 내고 세상과의 작별을 고하는 마지막 목소리인지도 모른 채, 사람들은 그 소리로 인해 가을이 더욱 아름다워진다고 찬양할 것이다. 하지만 가을은 이토록 아름다울지라도 결코 황사와 미세 먼지 그리고 심술궂은 돌풍으로 체면을 잔뜩 구긴 계절의 여왕 봄의 왕관을 빼앗아 오지 못한다. 그 어떤 기회가 와도 이 계절은 절대로 다른 계절 위에 군림할 수 없다. 가을의 풍경이란 이별을 준비하는 존재 하나하나가 모여 만들어 낸 것이기에.

마음씨 좋은 우리는 온갖 나무가 힘에 겨운 나머지 끝내 흩뿌려 버린 잎들을 낙엽이라 부르지만, 프랑스에서는 모질게도 '죽은 잎(Les Feuilles Mortes)'이라고 부른다. 찬란하게 빛나는 붉고 노란 잎들은 한 해의 삶을 힘들게 버틴 평범한 군상들에게 부여된 잠깐 동안의 훈장일 뿐이다. 여름날 만발한 꽃, 저물녘의 석양, 우리의 사랑이 아름다운 이유도 그것이 사라지기 때문이다. 사라져 가는 모든 것에는 아름다움이 깃들어 있다. 그래서 가을의 아름다움은 슬픔과 이별의 고통과 다시 보지 못할 것에 대한 연민으로 아파하는 우리에게 자연이 선사하는 마지막 선물, 강력한 진통제 같은 것이다. 사라지는 것들로 가득한 가을은 계절의 여왕이 될 수 없다. 쓸쓸함, 아쉬움, 회한을 환영하는 이는 없으므로.

그래선지 낡은 레코드판이 수천 장은 족히 되어 보이는 오래된 카페는 이 계절과 제법 잘 어울렸다. 카페 안에는 알파벳순으로 정리되어 있는 레코드판이 한쪽 벽면을 점령하고 있고 그

앞으로 긴 바가 있었다. 레코드판 하나를 정성스레 살피던 주
인장은 심드렁하지만 매우 조심스러운 태도로 턴테이블의 바
늘을 만졌고, 지지직거리던 스피커에서 오래된 음악이 흘러나
오자 아무도 눈치채지 못하게 안도의 한숨을 뱉어 냈다. 그러
고는 손님이 선물한 흑맥주 한 잔을 아무런 감흥도 없는 듯한
표정과 몸짓으로 삼켰는데 대충 빗은 그의 머리카락이 살짝 흘
러내렸다.

고엽(Les feuilles Mortes)

우리가 연인이었던 그 시절을 당신이 기억하고 있다면 좋겠어요.

그때는 지금보다 삶이 아름다웠고 햇살도 더 찬란했었지요.

낙엽이 한가득 쌓였네요. 알고 있나요? 난 아직 잊지 않았어요.

낙엽이 한가득 쌓였네요. 추억과 회한도 함께요.

그리고 북풍이 불어와 이 모든 것들을 차가운 망각의 밤으로

날려 보내는군요.

알고 있나요?

난 아직도 당신이 불러 준 그 노래를 기억하고 있답니다.

우리를 닮은 노래였어요. 당신과 나는 사랑했어요.

우리는 함께했지요.

당신과 나는 사랑했습니다.

하지만 인생은 사랑하는 연인을 무심하게 갈라놓았고

바다는 헤어진 연인이 남겨 둔 백사장의 발자국마저 지워 버리네요.

트럼펫 소리와 이브 몽탕의 우수에 찬 음색이 어누침침한 음악 카페에 녹아들고 있을 때, 딸랑 하는 소리와 함께 가을을 어깨에 잔뜩 묻힌 어두운 표정의 사내가 가게 문을 열고 들어섰다. 그는 꼬깃꼬깃한 담배를 입에 물고 있었다. 담배 연기 때문에 눈이 매운지 한쪽 눈을 찡그리고 자신이 만나야 할 사람을 찾았다. 그러더니 한쪽 모퉁이 자리에 털썩하고 앉았다.

"형. 왔어요?"

기욱은 행복해 보였다.

"응."

재훈은 담배를 재떨이에 비벼 끄며 표정 없이 대답했다.

"야, 여기 좋네. 형 말만 듣고 찾아오는 게 힘들기는 했지만 진짜 아늑하다. 이렇게 좋은 곳을 알고 있으면서 그동안 한 번도 안 데려오고 뭐야. 다음에 진희랑 같이 와야겠어."

"진희. 그렇구나. 진희랑은 요즘 잘돼 가니?"

진희의 안부를 묻는 재훈의 말에 기욱의 얼굴은 더욱 환해졌다. 어두웠지만 분명히 알 수 있었다. 그건 사랑하고 있는 사람의 표정이었다.

"진희. 하하. 잘 지내죠."

242

"그렇구나. 넌 좀 어떠니?"

"형. 내가 완전 대박 뉴스 하나 알려 줄까?"

그때 건장하고 잘생긴 청년이 재훈에게 다가와 주문을 도와 주겠다고 했다.

'주문하시겠어요라고 해야지, 도와준다는 건 뭐야?'

재훈은 청년의 말이 거슬렸지만 그냥 짧게 "예"라고 대답했다. 그러곤 메뉴판은 열어 보지도 않고 흑맥주를 주문했다. 안주는 필요 없냐는 말에 마지못해 소시지를 달라고 했지만 "소시지는 다 떨어지고 없으세요"라는 더욱 거슬리는 대답이 돌아왔다. 재훈은 청년을 슬쩍 쳐다보고는 맥주면 됐다고 말했다.

"형. 대박 뉴스야. 놀라지 말고 들어야 해."

"뭔데?"

재훈은 담배를 또 하나 꺼내 물었다.

"있잖아, 형. 하하. 저기 말이야……."

"뭔데 인마?"

"그게… 나, 진희랑 사귄다."

"그래?"

"대박이지? 진희가 나보고 사랑한다고 고백했어."

"그래? 진희가 고백을?"

"그리고 진짜 놀라운 소식이 있어."

"또 뭔데?"

"나 결혼하기로 했어. 진희랑. 놀랐지?"

기욱은 깜짝 놀라는 재훈의 반응을 기대했다. 하지만 재훈은 아무 표정도 없는 굳은 얼굴로 담배에 불을 댕기고 있었다.

"어? 형, 놀랍지 않아?"

"응. 놀라워."

"놀라워하는 표정이 아닌데?"

"아니. 놀라워."

"내년 봄에 할 거고 다음 주에 상견례 하기로 했어. 진희 부모님께는 인사를 드렸지만 부모님들끼리는 처음 뵙는 거라 좀 떨리네."

"그래. 그게 좀 그렇지."

재훈은 담배를 한 모금만 깊이 빨고는 재떨이에 비벼 끄며 말했다.

"돈은 좀 모아 뒀고?"

"아, 그게… 어쩌다 보니 그냥 돈이 조금 생겼어. 결혼할 만큼은 될 것 같고……."

"돈이 그냥 생겨?"

"응. 저기, 그게……."

그때 안주에게 높임말을 하던 청년이 맥주 한 잔을 재훈 앞에 내밀었다. "맥주 나오셨어요"라는 말과 함께.

'맥주가 나오셨어? 이런 미친…….'

재훈은 뒤돌아선 청년의 등을 향해 혼잣말을 하고는 흑맥주 한 잔을 벌컥벌컥 마셨다. 부드럽게 넘어가는 거품 덕에 기분이 조금 나아졌다. 그런 재훈 앞에서 기욱은 당황한 듯 "저기, 아니, 그게"를 반복하고 있었다.

"돈이 어디서 생겼는데?"

"그냥 좀 생겼어. 내가 모은 것도 있고……."

재훈은 피식 웃었다. 그러자 기욱은 헤헤 하며 뒷머리를 긁적였다. 오래된 이별의 상송들이 흘러나오고 있었다. 기욱과는 눈도 마주치지 않고 줄곧 술을 마시던 재훈이 잔을 내려놓고는 레코드판을 만지작거리는 주인장의 모습을 한참 바라보았다. 바에 앉은 손님과 이야기하는 그의 표정은 웃고 있었지만 삶의 무게가 느껴졌고 살짝 굽은 등 위에는 고단한 하루가 얹혀 있었다. 재훈은 기욱을 처음으로 똑바로 쳐다보았다.

"너 돈 없다고 생각했는데 내가 잘못 알고 있었나 보구나."

"아, 형. 내 나이가 몇인데. 나도 그 정도 돈은……."

"집은 어떻게 할 거야?"

"집? 하하. 이번에 무리해서라도 사기로 했어."

"이야. 기욱이 돈 많구나."

"진희가 모아 둔 것도 있고, 내가……."

"그래, 조르게가 주디? 그 돈."

기욱이 멈칫했다. 그는 자신의 눈을 매섭게 쳐다보는 재훈의 시선을 피했다.

"무슨 소리야, 그게?"

기욱이 대답했다. 하지만 재훈은 벌써부터 기욱의 동공이 커진 것을 알고 있었다. 아니 그런 것까지 관찰할 필요도 없었다. 잔을 든 기욱의 손이 떨렸기 때문이다.

"조르게가 얼마나 주대? 2천? 5천? 아, 미안하다. 결혼하려면 그 돈으로는 안 될 테지. 한 2억쯤 받았니?"

"무슨 소릴 하는 거야? 형. 내가 돈 때문에 조르게와……."

기욱이 말을 멈춤과 동시에 딸꾹질을 시작했다. 그러더니 곧 황급하게 옷가지를 챙겼다. 재훈은 동요하는 기색도 없이 담배를 또 하나 꺼내 물었다. 기욱은 재훈을 똑바로 보지도 못하고 자리에서 일어서려 했다. 하지만 그는 어쩔 수 없이 다시 자리에 앉아야 했다. 어느 틈엔가 들어와 있던 호철과 금석이 기욱의 어깨를 눌렀기 때문이다.

"뭐, 뭐야? 당신들?"

"그냥 앉아 있어. 형 말 안 끝났어."

재훈이 아무런 억양의 변화도 없이 말했다. 담배 때문인지 목소리 끝이 조금 갈려 나왔지만 그건 억양이나 감정의 변화와는 상관없는 것이었다. 기욱은 황망한 표정을 감추지 못한 채 다시 자리에 앉았다.

"형이 묻는 말에 잘 대답해라."

"……."

"조르게가 너한테 얼마를 줬는지는 관심 없다."

"아니… 형, 진짜 얼마 안 받았어."

재훈은 기욱의 눈을 똑바로 보며 그의 얼굴을 향해 담배 연기를 뿜었다. 여전히 무표정했다.

"그깟 액수 따위는 내가 상관할 바 아니야."

"그럼 뭘……."

"왜 그랬어? 조르게가 돈 줄 테니까 너보고 진희 스마트폰에 있는 파일 가져다 달라고 하디?"

"아, 그… 파일… 그건 또 어떻게?"

재훈은 피식 하고 웃었다.

'순진한 자식 같으니…….'

재훈은 조르게가 어떻게 접근했는지 궁금했다.

"이제 끝이야. 넌 조르게의 꼭두각시 노릇을 하며 푼돈을 받고 이 나라의 미래가 달린 정보를 아무런 생각도 없이 가져다 줬어. 진희와도 나와도 끝이야."

끝이라는 말에 기욱의 표정이 일그러졌다. 금방이라도 울음을 터트릴 것 같았다. 그는 막다른 골목에 다다른 도망자처럼 두려움에 질려 있었다. 그런 기욱을 앞에 두고 재훈은 냉혹하리만치 차가운 얼굴로 흑맥주를 다시 한 번 음미했다.

"형, 미안해요. 정말 미안해요. 이렇게 사과하잖아요? 용서를 빌 테니 제발 진희에게만은 말하지 말아 줘요. 조르게가 준 돈은 다 돌려주면 되잖아요. 지금 당장이라도 돌려주고 올 테니 제발 진희에게만은 말하지 말아요. 제발."

"돈 몇 푼에 양심을 팔아넘긴 너를 내가 왜 지켜 줘야 하지? 너 같은 놈에게 진희가 시집가도록 내버려 두라고? 미안하지만, 아니 미안할 것 없지, 당연하게도 넌 이제 끝이야."

기욱은 푹 고개를 숙인 채 자신의 손만 만지작거렸다.

"형, 나 돈 때문에 조르게를 도운 건 아니에요. 정말이에요. 돈에 양심을 팔 정도로… 나라는 인간, 그래도 그 정도는 아니야."

"그럼, 뭐 때문에 네 양심을 팔아먹었어?"

재훈의 담배 연기가 카페 천장으로 올라갔고 주인은 또 다른 음악을 휘저어 어두침침한 공간에 풀어 놓았다. 조용한 음악이 흐르자 기욱의 말은 마치 나지막한 내레이션처럼 들렸다.

"오월, 그 오월에 진희가 조르게와 요트를 타러 간다고 했어요. 요트 알아요? 요트는 프러포즈할 때 타는 거라고요. 난 가슴이 터지는 줄 알았어요. 정말 이제는 진희를 놓아줘야 할지도 모른다는 생각이 들었어요. 어쩌면 내 인생에서 가장 힘들었던 때였는지도 몰라요. 그날 이후 절망에 빠진 나를 조르게가 만나자고 하기 전까지는 말이에요."

재훈은 기욱의 말을 주의 깊게 듣고 있었다.

"조르게는 정말 쉬운 제안을 했어요. 그냥 자기가 방금 사 온 스마트폰을 진희에게 선물하라고 했어요. 내가 산 거라고 말하라더군요. 애인이 그 정도는 사 줄 수 있는 거 아니냐고 했어요."

"애인?"

"그래요. 분명히 애인이라고 했어요. 그때 내 가슴이 얼마나 부풀어 올랐는지 형은 모를 거예요. 애인이니까, 그냥 가져다 주라고……."

"그래서 진희한테 갖다 줬어?"

"네. 병원에서 형을 만났던 그날."

"계속해 봐."

재훈은 건조한 음성으로 말했다. 기욱은 야속하다는 듯 그를 바라보았다.

"그리고 며칠 후 조르게에게서 연락이 왔어요. 만났더니 요트에서 찍은 사진을 들이밀더군요. 진희에게 프러포즈했고 결혼할지도 모른다면서, 미안하다고 했어요. 난 정말 화가 나서 조르게를 한 대 치려고 했어요. 물론 그러진 못했지만……. 그런데 조르게가 이야기하더군요. 자신을 도와주면 진희를 놔주겠다고, 진희의 곁을 떠나 주겠다고 말이에요. 그래서 난 그러겠다고 했어요. 선택의 여지가 없었어요."

"그 돕는다는 일이, 파일을 가져다주는 것이었나?"

기욱은 고개를 끄덕이는 것으로 대답을 대신했다.

"어렵지 않았어요. 진희를 만날 때마다……."

"스마트쉐어."

"맞아요. 스마트쉐어. 진희의 앞에서 진희의 스마트폰에 있는 파일을 하나하나 내 전화로 옮겨 넣어도 진희는 몰랐어요. 진희는 무슨 할 말이 그리도 많은지 일주일 동안 있었던 일들을 하나도 빠짐없이 이야기하느라 내 얼굴만 바라봤어요. 그렇게 내 전화로 들어온 진희의 파일들을 조르게에게 넘겨줬어요."

"너 정말 조르게를 믿었던 거냐?"

"처음엔 믿지 않았어요. 긴가민가했지요. 그런데 몇 번 그러고 나니 조르게가 정말로 진희를 만나지 않았어요. 자전거도 타지 않고 연락도 하지 않고, 정말로 만나지 않았어요."

재훈은 카페 천장을 바라보았다. 조정위원회가 끝나고 금석의 기만 공작이 중지된 시점이었으리라. 조르게가 기욱과의 약속을 지키기 위해 진희를 안 만난 것이 아니라 진희가 조르게를 만나 주지 않은 것일 뿐이었다. 조르게는 교활했다.

"그러다가 파일을, 뭔지는 몰랐지만 파일을 주는 것에 익숙해지고 나서는 내가 무슨 일을 하고 있는지 알고 싶지도 않았어요. 그러던 어느 날 조르게가 용돈이라며 백만 원을 줬고 난 바보같이 그걸 받아 버린 거야. 내 월급이 얼만지 형도 알잖아?"

"그래. 알지."

재훈은 여전히 천장을 보고 있었다.

"조르게가 주는 돈은 점점 많아졌어. 그러던 중에 진희와 나는 결혼을 결심하게 되었고, 그 사실을 조르게에게 말했는데 그게 실수였어. 조르게는 협박을 했어. 앞으로도 계속 잘 협조하라고 말이야. 그러지 않으면 진희에게 모든 사실을 말해 버릴 거라고 했어. 난 조르게의 노예가 되어 버렸어요. 어떻게 해야 할지 몰랐어. 한번 붙들리고 나니 피할 수 있는 방법이 없었어."

"피할 수 있는 방법은 없어. 스파이들은 너같이 순진하고 법 없이도 잘 살 것 같은 평범한 사람들을 이용하지. 아무도 모르게 발목에 밧줄을 묶어 버리는 거야. 그게 스파이들이 사는 세상의 잔인한 법칙이야."

"형, 나 이제 어쩌지? 진희에게는 비밀로 해 줘. 응?"

기욱이 간절한 눈빛으로 쳐다보았지만 재훈은 그의 눈을 보지 않았다. 눈빛을 보면 마음이 흔들릴 것 같아서였다. 재훈은 담배를 다시 하나 꺼내 물고는 연기 때문에 그런 것처럼 눈을 찡그리며 시선을 피했다.

"미안하다. 기욱아. 그건 어려울 것 같구나. 이젠 진실을 밝혀야 해. 그게 내 임무니까."

"형, 제발. 제발······."

애원하는 기욱을 뒤로하고 재훈은 카페를 나섰다. 가을이었
다. 낙엽이 하나둘씩 떨어졌다. 흘끔 카페 안을 보니 기욱은 넋
이 나간 듯 멍하니 앉아 있었다. 이 세설이 그러하듯 그는 이제
모두에게 이별을 고해야 할 것이다. 기욱의 이별과 가을의 이
별이 다른 점이 있다면, 가슴 저미게 아름다운 풍경으로 이별
의 아픔을 덮어 버리는 가을 같은 재주가 기욱에게는 없다는
것이었다. 재훈은 자신도, 진희도, 그리고 기욱까지도 꽤 아플
거라고 생각했다. 과음한 다음 날처럼 속이 울렁거렸다. 그가
뿜어낸 담배 연기가 때마침 떨어지던 낙엽과 맞닿았다. 낙엽은
땅바닥으로 추락했다. 이젠 이별해야 할 시간이었다. 이별.

에필로그

2034년 9월.

멍하니 한강을 바라보던 나를 상념에서 깨운 것은 이십 년 전, 아니 그보다 훨씬 전부터 변함이 없는 자전거의 따르릉 소리였다. 경쾌한 바퀴살 소리와 함께 수줍은 표정의 어린 여자아이가 내 앞을 지나갔다.

"저, 국장님, 그러니까 결국 조르게를 도운 것은 그 기욱이라는 사람이었군요."

"그렇지."

"참 안타깝습니다."

"안타깝다고?"

"네. 그 기욱이라는 분 말입니다. 그러지 않았더라면……."

"후훗. 그렇지. 그 기욱이라는 사람 때문에 다들 힘들어했지."

"조르게는 어떻게 하셨습니까? 물론 처벌하셨겠지요?"

나는 방첩의 세계에 갓 입문한 새까만 후배 보좌관을 보며 웃을 수밖에 없었다. 스파이를 처벌하는 것은 2034년인 지금은 아주 당연한 일이지만 이십 년 전에는 불가능했기 때문이다. 나는 보좌관에게 2014년에는 스파이인 것을 알아도 휴대 전화나 이메일을 감청할 수 없었다고 설명했다. 그 시절 어떻게 스파이를 찾아내고 추적했는지 나 스스로도 대견하다는 말과 함께.

"심지어는 우리나라의 기밀을 훔쳐 가는 외국 스파이나, 우리나라 공직자들을 포섭해서 자기들 입맛에 맞게 정책을 좌지우지하려는 외국 세력을 찾아내도 처벌할 수 없었네."

"예? 정말입니까?"

"놀랐나?"

"그게 말이 됩니까?"

"2014년에는 말이 되었지. 외국인에게 빌붙어 기밀을 전달해 주어도 실형은커녕 기소할 수 있는 법도 없어서 흐지부지 넘어갔어."

사실이었다. 6·25 전쟁이 끝난 지 육십여 년이 지난 후였음에도 당시 형법으로는 스파이를 처벌할 수 없었고, 사람들은 이 땅에 외국 스파이가 있다는 상상조차 좀처럼 하지 못했다.

외국어를 잘하는 것이 대단한 자랑이었던 시절, 외국인 친구가 있다는 건 뿌듯한 일이었다. 공직자들의 조사와 수사 기관의 협조 요청에는 온갖 공문과 형식적 절차를 요구하던 수많은 사람들이, 외국인이라면 한도 끝도 없이 친절하게 모든 것을 가져다주었다. 반미와 반일을 울부짖고 반중, 반러를 외치면서도 그뿐이었다. 영어와 일본어와 중국어를 잘하기 위해 다들 외국인에게 너무나도 친절했다.

"조르게는 처벌할 수 없었다네. 법이 없었으니까."

"그럼, 기욱이라는 사람은요?"

"어떻게 처벌할 수 있었겠나? 통신비밀보호법 위반으로 벌금형 정도였을까? 그마저 그냥 넘어갔지."

"참, 어이가 없습니다."

"그 시절에는 그랬다네."

나는 남은 음료수를 마시고 자리에서 일어나 헬멧을 썼다.

"자, 이제 쉴 만큼 쉬었으니 가 볼까?"

다시 자전거를 타려는 순간, 누군가가 반갑게 내 이름을 불렀다.

"어머, 재훈 오빠?"

"오, 진희야! 자전거를 타고 있었구나. 세상 참 좁네. 여기서 다 만나고."

"어… 형. 반가워요."

"너희들은 아직도 붙어 다녀? 기욱이 너도 잘 지냈고?"

"그럼 당연히 붙어 다녀야지. 부부는 일심동체란 말도 몰라요?"

갑작스러운 그들의 출현에 보좌관이 당황한 듯 속삭이며 내게 물었다.

"국장님, 이분들 혹시 아까 말씀하신 박진희 씨와 그분……?"

"어머, 제 이름을 아세요?"

진희가 까르르르 하고 크게 웃었다.

"내가 비앙키 공작에 대해 후배에게 말해 주고 있었거든."

"아하… 그, 그렇군요. 그럼 우린 여기서 이만 빠지는 게……."

기욱이 짐짓 당황한 기색으로 말했다.

"그래요. 오빠, 제가 전화 드릴게요. 나중에 저녁 같이 드시기로 하고 오늘은 그냥 갈게요."

진희가 또 한 번 까르르 웃고는 기욱과 함께 자전거를 타고 출발했다. 그녀는 여전히 매력적이었다.

"저, 국장님. 어떻게 된 겁니까?"

"뭐가 말인가?"

"기욱이라는 분은 스파이 활동을 도운 사람이니 박진희 씨와는 끝이 났던 것 아닌가요?"

"궁금한가?"

"예."

"조르게를 처벌할 수 없었고, 기욱이도 어찌할 도리가 없었지. 자네라면 어떻게 했겠나?"

"글쎄요."

"나와 호철이 그리고 금석, 그러니까 지금의 방첩 1국장은 묘안을 짜내었다네."

"묘안이요?"

"기욱을 이용해서 조르게를 기만하기로 한 거지. 비앙키 공작은 끝끝내 정식으로 승인되지 않았지만 우린 계속해서 진행했다네."

"예?"

"조르게는 기욱을 신뢰하고 있었어. 그걸 역이용하기로 했다네. 우리는 박진희를 포함한 해양수산부 관계자들과 멋진 시나리오를 만들었고, 매일 아침 가짜 회의를 했어. 그리고 기욱은 조르게의 의심을 피하기 위해 늘 하던 것처럼 진희를 만나는 날 그녀 앞에서 스마트폰을 만지작거렸다네. 조르게가 기욱을 미행했어도 의심할 수 없었을 거야. 그렇게 조르게에게 하루하루 잘 짜인 소설이 전달되었어."

"아……"

"조르게는 결국 우리에게 졌다네. 독도 영유권과 관련된 문제는 완전히 우리의 의지대로 움직였고, 지금은 국제사회에서 아무도 독도가 우리 땅이라는 사실을 부정할 수 없게 되었지.

EEZ는 말할 것도 없고 말이야. 진희는 기욱이를 용서했고, 기욱이는 거기에 멋지게 보답한 거야. 처벌할 수 없으니 거꾸로 이용하는 것이 그때 우리가 택할 수 있는 최선의 방책이었네."

"우와. 멋지십니다."

"고맙구먼. 자네도 단순하게 스파이를 잡고 처벌하고 추방하는 것만을 방첩이라고 생각하지 말게. 방첩은 스파이를 찾아내어 그 의도를 알아내고, 그들을 방해하여 결국은 우리의 의도대로 그들을 움직이게 하는 것이라네. 쉼 없이 상상하고 끊임없이 고민해야 한다네."

나는 구식 비앙키에 몸을 실었다. 촤르르 소리를 내는 비앙키의 은륜은 오래전 그때처럼 조금의 망설임도 없이 힘차게 돌았다. 바람이 불어왔다. 또다시 바람이 나의 얼굴을 어루만졌다. 풀 향기와 흙냄새도 함께 실려 왔다.

"국장님······."

보좌관이 내 옆으로 자전거를 붙였다. 나란히 달리며 그는 어렵사리 입을 떼었다.

"죄송합니다만, 국장님께서 모셨던 그 팀장님 말입니다. 그분은 어떻게 되었는지도 말씀해 주시면······."

나는 보좌관을 보지 않았다. 앞만 보며 온몸을 휘감고 있는 바람의 움직임을 느꼈다.

"저기, 국장님, 제가 궁금하면 못 참는 편이라······."

나는 웃었다. 웃음이 났다. 즐거워졌다.

"이봐, 궁금한가?"

"예. 말씀해 주십시오."

"그분은 말이야……."

나는 힘껏 페달을 밟았다. 낡은 비앙키도 신이 난 것 같았다.

"궁금하면 따라와 보게. 마저 이야기해 줄 테니."

비앙키와 나, 우리는 망설임 없이 함께 뛰쳐나갔다. 웃음이 멈추지 않았다.

'그냥'이었다. 정말 '그냥'이었다.

어느 날 문득 글을 써 보고 싶어졌을 뿐이다. 그러니 누군가 내게 이 소설을 쓰게 된 이유를 묻는다면 딱히 대답할 말이 없다.

글을 써야겠다는 생각은 기대하지 않은 손님을 치르듯이 갑작스레 나를 찾아왔다. 어느 날 평소처럼 설거지를 하고 있는데 몸을 씻던 딸아이가 "엄마, 설거지해? 있다가 해. 샤워기에서 찬물 나와"라고 외쳤다. 나는 얼른 싱크대 수도꼭지를 차가운 쪽으로 젖히고 설거지를 계속했다. 손이 제법 시렸다. 뭐가 저리도 좋은지 아이의 흥얼흥얼 노랫소리가 물소리와 섞여 오래된 아파트 욕실 문틈으로 흘러나왔다. 아이가 좋아하니 손이야 시리든 말든 마음이 편안했다. '나도 엄마구나'라는 생각이 새삼 스쳤다.

엄마는, 아니 부모는 아이에 대한 걱정과 염려를 차곡차곡 쌓기만 하는 존재가 아닐까 싶다. 내 아기가 그저 잘 먹고 잘 자고 건강하기만을 바라던 때가 있었는데, 아이가 걷기 시작하자 그 걱정 위에 다치지 말기를 바라는 염려를 얹었다. 아이가 학교에 가면서부터는 어떤 선생님을 만날지, 공부는 열심히 할지, 어떤 친구들을 사귈지 하는 걱정을 또 쌓았다. 아마 아이들이 더 크면 좋은 대학에 가고, 하고 싶은 일을 했으면 하는 바람과 염려를 더할 것이다. 그러다 더 나이를 먹으면 아이가 좋은 배필을 만나기를, 그 아이가 아이를 낳으면 우리 손자 손녀 건강하기를, 가족 모두 하는 일 잘되기를 기원하며 하루하루 진심 어린 조바심을 한 아름씩 얹어 갈 것이다. 자식에 대한 걱정은 하나가 없어지고 또 하나가 생기는 것이 아니라 늘 더해지기만 하는 것임을, 그것이 쌓이는 매 순간 내가 부모가 되어 가는 것임을 깨닫게 되었다. 내 아버지와 어머니도 그러했을 것이다. 지금도 중년이 된 딸에 대한 걱정과 염려를 차곡차곡 쌓고 계실지 모른다. 아니 그러고 계실 테지…….

난 내 부모와 전혀 다르거나 새로울 것 하나 없는 자식에 대한 걱정을 쌓고 있었다. 아이를 낳고서야 부모의 마음을 헤아리고 그 덕에 조금은 성숙한 '어른'이 되어, 어느새 다 늙어 버린 부모 걱정에 눈물을 흘리는 자식다운 자식이 되어 가는지도 몰랐다. 부모와 같은 것이 어찌 아이에 대한 고민뿐이랴. 책에서나 보던 불혹이라는 단어를 스스로 턱 붙이고 나니 고민도 이런 진부한 고민이 있을 수 없다. 희끗희끗 보이는 흰머리가 신경 쓰이고, 조금씩 깊어지는 주름 탓에 아무리 어찌해 보아도 '아줌마'일 수밖에 없어 괴로울 뿐이다. 밤이 되면 "파스 좀 붙여 다오"라던 내 어머니의 모습이 이젠 고스란히 내 것이 되었다. 요즘 나는 남편과 서로 파스를 덕지덕지 붙여 주는 게 일 아닌 일이다. "여기?", "세로로 붙일까?", "위아래로 두 장?", "잘 좀 붙여 봐."

세월 따라 어쩔 수 없이 젊음을 잃어 가는 것이 가장 큰 고민이다 보니, 나이를 먹으며 하는 고민 역시 결국 어른들이 하셨던 대로 따르게 되는구나 싶다. 난 아직도 새로운 걸 보면 마냥 설레고 밤새 친구들과 수다를 떨 수 있을 것 같은, 변한 것 하나 없는 그냥 그대로의 '나'인데, 걱정과 염려와 고민은 시간 맞춰 먹어야 하는 약처럼 한 치의 오차 없이 나이에 맞게 하나하나 찾아오고 있었던 것이다. 나는 내 부모와는 다른 심각한 걱정을 하고 심오한 고민을 하며 살 거라는 가당치도 않았던 젊은 시절의 기대는 한 편의 단편 희극이었는지도 모른다.

생각이 여기까지 미치자 한동안 나는 설거지를 멈춘 채 물기 먹은 앞치마 끝자락만 멍하니 바라보았다. 어디 걱정과 고민과 염려만 그러한가? 내 삶은?

'나이 먹는구나. 난 인생의 얼마쯤까지 온 걸까? 앞으로 얼마를 어떻게 살게 될까?'라는 먹먹함이 생각의 뒤를 쫓았다. '난 지금까지 뭘 하며 산 거지? 내 꿈은?' 하지만 꿈 말이다, 나는 꿈이란 것은 꾸어 본 적이 없다. 뭐가 되고 싶은지, 무엇을 하고 싶은지를 깊이 고민해 본 적도 없었다. 그냥 흐르듯 살았다. 공부 열심히 하라니까 공부했고 큰 뜻을 품지도 않은 채 대학을 선택했다. 대학을 졸업하고는 IMF 사태 때문에 전쟁 치르듯 취업에 목을 매야 했다. 서른이 되기 전에 결혼을 했고 몇 해 후 아이를 낳았으며, 얼마 후에는 다들 그러듯 집을 장만하느라 아등바등해야 했다. 이제 조금 후면 아이들의 등록금과 결혼 자금을 마련하기 위해 혹은 노후를 준비해야 한다며 이런저런 것들을 할 것이다. 인생을 이런 경로나 순서대로 살아야 하는 법이 있거나 누가 그렇게 강요한 것도 아닌데, 난 마치 당연한 공식이라도 있는 것처럼 남들이 사는 모습을 따라잡기 위해 흐르듯 살아왔다. 물론 앞으로도 쉽게 바뀌지는 않을 것이다. '내 가 정말 하고 싶은 게 뭘까? 좋아하는 건 뭐지?' 정말 모르겠다.

얼마나 남았는지 알 수 없는 내 삶을 이렇게 흐르듯 살다 가 면 너무나도 가슴이 아플 것 같았다. 삶에 집착하는 것이야 살 아 있는 자들에게는 새삼스러울 바 아니지만, 적어도 '이걸 해 냈으니 그만 가도 괜찮겠어'라고 스스로를 위로할 만한 어떤 것이 있었으면 좋겠단 생각을 했다. 무엇이 되었든, 바꾸어야 했다. 일탈을 하거나 새로운 삶을 찾는 모험을 하는 데는 애당 초 관심이 없었다. 용기나 배포가 부족하기도 하거니와 소중한 남편, 아이들과의 행복을 다른 무언가와 바꿀 수는 없는 노릇 이었기 때문이다. 난 한참을 고민했다. 그리고 그 고민의 끝에 '그냥' 글이나 써 보기로 작정했던 것이다. 맞춤법이나 문법이 틀리는 것 따위는 두렵지 않았다. 내용이 형편없고 부실하다 해도 그건 중요한 게 아니었다. 한 문장을 쓰기 위해 늘 바라보던 풍경을 다르게 살펴보고, 과거의 경험과 느낌을 끄집어내어 몇 번이나 글을 고치고 또 고쳐 가며 스스로의 삶을 곱씹어 보고 싶었다.

중요한 것은 '다름'이라고 믿었다. 나는 남과 다른 글을 쓰고 싶었다. 부모로서, 늙어 가는 평범한 중년으로서 하는 고민이야 남들과 다를 게 뭐 있겠는가? 지금까지도 남들처럼 살려고 애썼고 앞으로도 그러려고 할 텐데 글까지 남과 같긴 싫었다. 그런 데다 시나 수필을 쓰기에는 내공이 부족하다는 사실을 알고 있었기에 소설을 쓰리라 마음먹은 것인데 소재가 남들과 비슷비슷하다면 글을 쓰는 의미가 없다고 생각했다. 그래서 나는 여러 장르의 소설들을 살피고 또 살폈다. 그러다 마침내 한 가지 사실을 발견했다. 국내 작가가 쓴 첩보 소설이 생각보다 매우 적었고 소재도 빈약했던 것이다. 나의 선택은 하나로 굳어졌다. '누가 봐도 참신한 첩보 소설을 써 보자.' 하지만 곧 또 다른 고민이 생겼다. 첩보의 세계가 너무나도 광활했던 것이다. '드라마 「아이리스」 같은 테러물을 쓸까? 아니면 산업 스파이를 소재로 삼을까? 아니야 너무 진부해. 「아이리스」나 「7급 공무원」 작가들처럼 글을 쓸 자신도 없잖아. 뭐 좋은 게 없을까?' 나는 그때부터 정보에 관한 책들을 찾아보기 시작했다. 국가정보원 홈페이지도 들락거렸다. 고통스러운 시간이었다. 좋은 소재를 찾는 것이 그토록 어려울 거라곤 미처 상상하지 못했다.

글을 쓰기로 마음먹고 소재를 찾아내어 그것에 대해 공부하기 까지 들인 긴 시간의 노력은 지금 다시 하라고 하면 무조건 사양하고 싶을 정도다.

여하튼 내게 잡힌 소재가 바로 '방첩'이었다. '이건 뭘까?' 호기심이 일었다. 방첩은 반공 비슷한 것 아닌가 싶었는데, 책이나 심지어는 국가정보원 홈페이지에서 설명하는 방첩은 어린 시절에 들어 어렴풋이 기억하고 있는 것과는 사뭇 달랐다. 다행히 방첩에 대한 이해를 간접적으로나마 도와주었던 몇몇 외국 드라마와 번역된 책들 덕분에 조금씩 개념을 잡게 되었고, 결국에는 끙끙거리며 온갖 상상력을 동원해 글을 쓰게 되었다. 출판사에 원고를 보내고 나서 처음 들은 말이 참신한 부분이 있다는 것이었는데 나는 그것이 소재 때문이라고 생각했었다. 물론 나중에 알게 된 바로는 그게 아니어서 내심 섭섭하기는 했지만 말이다.

하지만 중요한 것은 소재의 특별함이나 누군가의 평가가 아님을 곧 깨닫게 되었다. 그런 것들은 내가 글을 쓰는 본질적인 이유가 될 수 없었다. 중요한 것은 아주 오랜만에, 아니 어쩌면 처음으로 내가 하고 싶은 것을 해낸 셈이니 이만하면 글을 씀으로써 나의 삶이 조금은 특별해졌다는 사실이었다. 게다가 그동안 살아오면서 흩어져 버리고 말았던 생각의 파편들을 모아서 곱씹고 다듬어 내 자신이 어떤 사람이었는지를 다시금 깨달게 되었으니 그보다 중요한 게 무엇이겠는가.

나는 오랫동안 대수롭게 여기지 않고 있던 것들도 새삼 돌아보게 되었다. 소설에 나온 장소들, 삐삐줄 같은 소품, 심지어는 백일 동안 담배를 피우지 말자던 징난 같은 내기도 모두 연애시절 남편과 쌓았던 추억들이다. 낡은 삐삐와 삐삐줄은 아직도 우리 집 장롱 가장 깊은 곳에 소중히 보관되어 있다. 이 모든 것을 돌이켜 기억해 내려니, 몇 번이고 왈칵하고 행복한 울음이 쏟아지기도 했다. 내 삶은 평범하고 진부한 그저 그런 것이라고만 생각했는데, 내게도 잊으면 안 될 소중한 추억이 한가득히 있었던 것이다. 언젠가 남편과 인사동 거리를 걷다가 옛 물건들을 잔뜩 진열해 놓은 가게에서 한참을 머무른 적이 있었다. 못난이 삼형제 인형을 시작으로 어릴 적 가지고 놀던 장난감이며 그 시절 물건들을 바라보며 꽤 즐거워했었다. 낡은 딱지 위에 앉은 꼬질꼬질한 손때는 왠지 모를 흐뭇함도 느끼게 했다. 하지만 상점 진열장에 놓인 옛날 물건들은 아련한 과거를 품은 박제에 불과했다. 그때 나는 남편의 손을 잡으며 다짐했다. 오랜 시간을 함께하고 난 후 뒤돌아보면서 '우리에게도 사랑이 있었지' 하며 마치 오래전 잊힌 것을 구경하듯 이야기하지 말자고. 우리의 사랑은 죽는 그날까지 늘 진열장 밖에 있는 실재가 될 수 있게 하자고.

지금 나는 누구보다도 깊은 사랑을 하고 있다. 장롱 속 삐삐를 떠올리며, 남편과 함께 걸었던 길과 차를 마셨던 카페를 생각하면서 나는 박제되지 않은 사랑을 상기해 냈다. 이만하면 대단하지 않은가? 박제되지 않은 사랑을 가진 삶을 살고 있으니 말이다. 어쩌면 처음부터 특별한 고민이나 대단한 삶 같은 건 없는지도 모르겠다. 제아무리 대단한 사람도 결국은 부모가 되고 노인이 되고 죽음이라는 인생의 결말을 맞으니, 이름 몇 자가 사람들에게 알려진다 한들 살아가면서 해야 하는 고민과 염려가 유별나게 다를 리 있겠는가? 꿈을 이루는 삶이 대단한 것은 맞지만 그런 사람이 사실 몇이나 될 것이며, 어떤 꿈이 얼마만큼 대단한지를 가름하는 기준은 또 어디 있단 말인가? 그래서 난 특별한 삶이란 없다는 생각을 하게 되었다. 그저 나 아닌 다른 사람의 삶이 멋있어 보이고 부러울 뿐인 거라고.

나는 아직도 이십 대의 마음으로 내 남편을 사랑한다. 쉬지 않고 쪼잘대는 딸과 이제는 거뭇거뭇 수염이 자란 아들과의 시간도 즐겁다. 내 사랑은 진열장 속의 낡은 유물이 아니다. 나는 항상 실재하는 사랑을 하겠다는 꿈을 이루어 냈고, 내 고민과 염려들도 그 꿈을 이루기 위해 감당해야 했던 일종의 대가였음을 알게 되었다. 그러니 나는 '그냥' 글을 씀으로써 내가 어떤 삶을 살고 있는지를, 내 삶이 얼마나 특별하고 대단한지를 알게 되었다. 물론 읽을 때마다 고치고 싶은 부분이 계속해서 눈에 띄는 서툰 글솜씨야 부끄럽기 그지없긴 하지만.

글을 쓰겠다고 무턱대고 덤벼든 재작년 겨울의 내 모습은 우습지만 글을 무사히 마친 작년과 올해의 나는 꽤 대견스럽다. 언제 다시 글을 쓰게 될지는 모르겠다. 출판사에 원고를 넘기고 이어서 글을 써 보려 하였으나 첫 문장을 써 놓고는 깜박이는 커서만 노려본 지가 벌써 두어 달이 넘었다. '작가라는 거, 정말 어렵구나' 하는 생각이 들고 이젠 글을 못 쓸 것 같다는 걱정도 생겼다. 하지만 살다가 다시 생각이 쌓이고 펜을 잡을 힘이 생기면 다시 기꺼이 고민의 시간을 보내고 싶다. 내 삶을 또 한 번 특별하게 만들어 줄 고민의 시간 말이다.

밤늦은 시간까지 글을 쓰던 나를 응원해 준 남편과 물심양면 지원해 준 오빠에게, 그리고 문학이나 글쓰기 공부를 해 본 적 없는 나의 원고를 선뜻 받아 준 아모르문디 김삼수 대표님, 하나하나 세심하게 조언해 주며 글의 완성도를 끌어올려 준 김소라 님에게도 깊은 감사를 드린다.

2015년 1월
이진선

일러두기

이 작품에 등장하는 스파이의 이름인 '리하르트 조르게'와 '미우라 고로'는 모두 실존 인물을 본뜬 것이다. 리하르트 조르게는 역사상 가장 유명한 스파이 중 한 명으로, 소설에서는 극우 나치주의자로 묘사하였지만 실제로는 2차 세계대전 당시 공산주의를 신봉하여 자발적으로 스탈린을 위한 스파이가 된 독일인이다. 그는 극동 문제 전문가이자 신문 기자로 위장하여 일본에서 활동하였다. 2차 세계대전 당시 스탈린은 소련 서부전선을 침공한 독일에 발맞추어 동맹국 일본도 소련 동부를 협공하지 않을까 우려했는데, 1941년 9월 조르게는 독일군이 모스크바를 함락시키기 전까지는 일본군이 소련을 공격하지 않을 것이라는 정보를 빼내 스탈린에게 전달하였다. 조르게의 첩보에 따라 스탈린은 일본군의 침입에 대비하여 극동에 배치하였던 병력을 모두 서부로 돌렸고, 독일군의 침략을 저지하는 데 성공할 수 있었다. 스파이 한 명의 활동이 역사를 바꾼 것이다. 그는 1944년 일본군에 체포되어 곧 처형되었다.

리하르트 조르게의 본명을 미우라 고로로 설정한 이유는 그가 명성황후를 시해하고 폐서인 조칙을 내리게 하는 등 우리 민족에게 씻을 수 없는 모욕을 안긴 인물이었기 때문이다.

'길버트 아라베디언'은 전설적인 해커 출신의 보안 컨설턴트로, 해커의 등급을 5개로 분류하는 등 구전으로만 전해지던 해커의 세계를 학문의 영역으로 이끌어 낸 인물이다.

DLNA(Digital Living Network Alliance)는 홈 네트워크 상용화를 목표로 결성된 공식 협력체로 삼성·엘지 전자를 비롯하여 세계 140개 업체가 참여 중이며, 음악·사진·비디오 등의 미디어 콘텐츠를 디바이스 간 네트워크를 통해 자유롭게 공유할 수 있게 하는 기술을 어플리케이션의 형태로 개발하여 각 회사의 스마트기기에 탑재하고 있다. 삼성은 '삼성링크', 엘지는 '스마트쉐어'라는 명칭을 쓴다.

지은이 이진선 1974년생. 건국대학교를 졸업한 후 17년째 연금 업무에 종사하고 있으며 두 아이를 키우고 있는 평범한 워킹맘이다.

평범한 일상 가운데 뭔가 새로운 시도를 해 보고 싶다는 바람으로 색다른 소재를 찾아 글을 쓰기 시작했다. 『거미줄』은 그렇게 탄생한 첫 번째 소설로, 독도와 배타적 경제 수역 문제를 놓고 벌어지는 한국과 일본 간의 보이지 않는 첩보전을 다루었다. 특히 국내에서 암암리에 활동하는 스파이들을 색출하는 방첩관의 활약상을 생생하게 묘사하여 방첩 첩보소설이라는 독특한 분야를 열었다.

거미줄

초판 1쇄 펴낸 날 2015년 2월 25일

지은이 | 이진선
펴낸이 | 김삼수
편 집 | 김소라
디자인 | 권대홍

펴낸곳 | 아모르문디
등 록 | 제313-2005-00087호
주 소 | 서울시 마포구 서교동 375-24, 304호
전 화 | 0505-306-3336 팩스 | 0505-303-3334
이메일 | amormundi1@daum.net

ISBN 978-89-92448-23-9 03810

값은 뒤표지에 있습니다.
파손된 책은 구입처에서 바꿔드립니다.